Korei no Ori

狐霊の檻

Korei no Ori

廣嶋玲子

もくじ

装画／マタジロウ

装丁／大岡喜直（next door design）

狐霊の檻

廣嶋玲子

序章

あの夜の宴《うたげ》のことは、今でもはっきりと覚えている。

そう。あれは楽しい宴だった。

次々と運ばれてくるごちそう。好きなだけ飲んでくれと、庭に置かれた酒の大樽《おおだる》。子どもたちの笑い声。老人たちが吹《ふ》きならす笛の音色。

庭には大きなかがり火がたかれ、家のいたるところに明かりがともされていた。柱には豊作を祝う稲穂《いなほ》の束が飾《かざ》られ、梁《はり》にはあけびと山ぶどうのつるが巻きつけられていた。

一つだけ気になったのは、人間たちの顔つきがいつもとちがうことだった。笑顔《えがお》なのだが、なんとなくぎこちなく、こちらと目をあわせようとしない。

おかしいなとは思ったが、とくに警戒《けいかい》はしなかった。そんな必要はないと思ったのだ。まわりにいるのは、みな顔見知りの人間たちばかり。この十年、自分が見守り、助け、心を通わせてきた一家だ。いちばん小さかった男の子も、今はもう立派な若者となっている。

あなたのおかげだ。あなたが富をもたらし、我々を守ってくださったからだ。

そういわれると、本当にうれしかった。

これからもずっと、彼《かれ》らとつき合っていこう。

喜びをかみしめながら、すすめられるままに、酒を飲み干していった。

と、一家の長《おさ》が近づいてきた。

贈《おく》り物《もの》があるので、どうか目を閉じてください。

そういわれて、すぐに目を閉じた。

だが、それがまちがいだったのだ。

何か、じゃらりとしたものが首にかけられた。

次の瞬間《しゅんかん》、体が押《お》しつぶされるような痛みを感じた。

床《ゆか》に倒《たお》れながらも、必死で顔をあげた。人間たちがこちらを見ていた。青ざめた、でも勝《か》ち誇《ほこ》ったような顔で、こちらを見ている。あの若者だけが何か叫《さけ》んでいた。何をするんだという声が聞こえた気がする。

でも、そこまでが限界だった。

痛みに耐《た》えきれず、気を失ってしまったのだ……。

一　阿《あ》豪《ごう》屋《や》敷《しき》

千代《ちよ》の前には、山があった。

山といっても、小さなもので、その後ろにはもっと大きな山々が幾重《いくえ》にも連なっている。だが、その山にはほかの山々にはないものがあった。

石段だ。長い長い石の階段が、中腹のあたりにまでまっすぐ伸《の》びている。そして、その石段の先には、屋敷《やしき》があった。

山のふもとの雪野原から、千代はぽかんとその屋敷を見つめた。

城のように大きな屋敷だった。石垣《いしがき》は高く、ほとんど山を二つに区切るように、ぐるりと巡《めぐ》らされている。その向こうには、たくさんの家屋が建っているのだろう。赤い瓦屋根《かわらやね》がいくつも見える。

千代は、その鮮《あざ》やかな色に目をうばわれた。

季節は弥生《やよい》の終わり。春も間近だが、このあたりはまだまだ雪が深く残り、山々も灰色にしずんでいる。その寒々しい景色《けしき》の中で、赤い屋根は暖かく燃えるかがり火のように見えた。

あそこに行くんだと、千代《ちよ》はふいに悟《さと》った。

『あと少しなんだ』

この雪野原にやってきたとき、案内人のおじさんは「あの山まで行くんだよ」と教えてくれた。でも、そのときは、ぴんとこなかった。山まではまだ遠かったし、あの赤い屋根も、ただの赤い点にしか見えなかったから。

でも、今はこんなにも大きく、はっきりと見える。

「あれが阿豪屋敷《あごうやしき》だ。おまえがこれから御厄介《ごやっかい》になるところだよ。もうひとふんばりだから、がんばろうな」

おじさんの言葉に、千代は大きくうなずいた。

故郷を出て、八日。案内人に連れられて、ずっと朝から晩まで歩いてきた。十二歳《さい》の少女には、かなりきつい旅だったが、それももう終わるのだ。

もう、重たい蓑《みの》や、湿《しめ》って冷たくなった藁沓《わらぐつ》をはいて、雪道を歩かなくてもいい。

そう思うと、かじかんだ手足にも力がよみがえってきた。

石段をひたすらのぼっていくと、ついに門へとたどりついた。千代が見たこともないほど大きな門だ。しかも、扉《とびら》の一面に、牙《きば》をむきだした狼《おおかみ》の姿が彫《ほ》りこまれている。それがあまりにも真に迫《せま》っていたので、千代《ちよ》は思わずすくんでしまった。

おじさんが笑った。

「それは魔除《まよ》けだよ。狼は恐《おそ》ろしいけど、山の神様でもある。悪い魔物《まもの》を噛《か》みふせてくださるそうだ」

「そ、そうなんですか……」

「そうさ。職人をわざわざ都《みやこ》から呼びよせて、この門を造らせたらしいよ。さて、こいつを開いてもらわないとな。おーい！」

おじさんは大きな声を張りあげた。しばらくすると、門の向こうからくぐもった声がした。

「だれだ？」

「三国《みくに》の十郎《じゅうろう》だよ。幽斎《ゆうさい》様に頼《たの》まれていた娘《むすめ》を連れてきたんだ。開けとくれ」

「おう、わかった」

ぎぎぎっと、重たい音を立てて、ゆっくりと扉が開きはじめた。全部開くのを待たず、おじさんはするりと隙間《すきま》から中へと入っていった。千代はあわててそのあとを追った。

入って、まず目に飛びこんできたのは、大きな建物だった。おそらく、これが母屋《おもや》なのだろう。つやのある柱や廊下《ろうか》が見え、数人の下女たちが忙《せわ》しげにそうじをしている。

母屋《おもや》の両脇《りょうわき》には、これまた大きな蔵と、馬小屋があった。その後ろには、さらにいくつもの蔵や、離《はな》れらしき家屋があるようだ。

敷地内《しきちない》には白い石畳《いしだたみ》の道ができていて、母屋とあちこちにある離れや蔵などを結んでいる。その道にそうように、見事な庭木が植えられていた。

とにかく、すべてが立派で、整然としていた。ここに住んでいるのが、殿様《とのさま》やお公家様《くげさま》だと聞いても、千代《ちよ》はおどろかなかっただろう。

ぽかんと、口を開けて見ていたときだ。

ずんっ！

いきなりの音に、千代は飛びあがった。

ふり向けば、大柄《おおがら》な門番たちによって、門の扉《とびら》が閉じられたところだった。その扉に、さらにがっちりと、かんぬきがかけられる。

閉じこめられてしまった。

なぜかそう思い、千代はぞっとした。

屋敷《やしき》についたときの、ほっとした気持ちも感動も、一瞬《いっしゅん》で冷めてしまった。無性に逃《に》げだしたくなり、千代《ちよ》は思わず門に駆《か》け寄《よ》ろうとした。

うぉん！　うぉん！

腹の底にひびくような恐《おそ》ろしい吠《ほ》え声《ごえ》に、またしても千代は飛びあがった。

見れば、門の両脇《りょうわき》には小さな小屋が一つずつあった。一つは、門番が休むためのものらしく、開いた戸口の向こうに、囲炉裏《いろり》と、藁《わら》で編んだ丸い座布団《ざぶとん》が二つ見える。

もう一つの小屋はもっと大きく、戸のかわりに格子《こうし》が取りつけてあった。その向こうに、何匹《びき》もの犬がいた。

赤毛、ぶち、黒、虎《とら》。毛色はいろいろだが、いずれも狼《おおかみ》のように大きかった。もしかしたら、狼の血が混じっているのかもしれない。らんらんと光る目の、恐ろしいことといったらない。つばを飛ばして吠えたて、今にも格子を破りそうな勢いだ。

千代だけでなく、隣《となり》にいる案内人のおじさんも、ちょっとおびえた様子でかたまっていた。

と、門番の男が怒鳴《どな》った。

「犬丸《いぬまる》！　犬を静かにさせろ！」

うっそりと、男が一人、こちらにやってきた。小柄《こがら》な若い男だが、目はどんよりとして、動きは鈍《にぶ》い。でも、その男が犬小屋に近づき、なにやら舌を鳴らすと、急に犬たちはおとなしくなった。

これ幸いと、おじさんは千代《ちよ》を引っぱって、母屋《おもや》へと向かいだした。途中《とちゅう》、ふうっと、息をついた。

「いやはや。あいかわらず、ここの犬どもはおっかない。犬丸《いぬまる》がいてくれて助かった」

「犬、丸?」

「あの若いのだよ。ここで雇《やと》われてる犬飼いだ。めったにしゃべらないし、人づきあいもしないらしい。そのかわり、犬の扱《あつか》いがやたらうまくてね。どんなに気の荒《あら》い犬でも、あいつにかかると、甘《あま》えん坊《ぼう》の猫《ねこ》みたいになっちまうそうだよ。なんでも、夜はあの犬小屋で寝《ね》てるそうだ。犬たちといっしょにね」

「そうなんですか」

もう一度犬丸を見ようと、千代はふり返ろうとした。が、そうする前に、母屋についてしまった。

母屋の戸口と土間は、馬が入れるほど広かった。すっかり湿《しめ》ってしまった藁沓《わらぐつ》と蓑《みの》をぬぎ、千代は屋敷《やしき》にあがった。

中年の女がすぐに奥《おく》からやってきた。

「遅《おそ》かったじゃないか、十郎《じゅうろう》さん。幽斎《ゆうさい》様がお待ちかねだよ。さ、早く早く」

ほとんど小走りで、千代《ちよ》とおじさんは廊下《ろうか》を歩かされ、奥《おく》の座敷《ざしき》へと通された。そこには二人の男がいた。

一人は初老の男だった。どっしりした織りの着物を着て、暖かそうな鹿皮《しかがわ》の羽織をまとっている。だが、冷ややかな表情のせいか、温《ぬく》もりがまったく感じられない。

もう一人は二十歳《はたち》くらいの若者だった。こちらも贅沢《ぜいたく》な織りの着物を着て、腰《こし》には小刀を差しこんでいる。体つきは大きく、たくましい。浅黒い肌《はだ》といい、くっきりとした目鼻立ちといい、若武者《わかむしゃ》のようだ。だが、追いつめられたような、切羽詰《せっぱつ》まった目をしていた。

じろりと、初老の男が案内人のおじさんをにらんだ。

「遅かったではないか」

「申し訳ありません。なにしろ、雪にいろいろと邪魔《じゃま》をされまして。でも、この娘《むすめ》はよくがんばりました。ここに来るまで、弱音一つ、はきませんでしたから。お望み通りの、強い娘だと思います」

「そうか。やはり荒《あ》れ地《ち》育ちを選んで正解だったな。……十郎。おまえはさがれ。娘には少し話がある」

「は、はい」

おじさんはへどもどしながらさがり、千代《ちよ》だけが男たちと向きあうことになった。

男たち、とくに初老の男は、千代を上から下までじっくりとながめまわした。

千代はぞっとした。雪道を歩いてきたため、体は芯《しん》から冷えきっていた。だが、男のまなざしは、さらに冷たかった。買ったばかりの馬や牛を見定めるような目だ。

千代は、震《ふる》えながら両手をついて頭をさげた。と、男が声をかけてきた。のしかかってくるような重い声だった。

「おまえ、名は？」

「ち、千代といいます」

「年は十二だと聞いているが、ずいぶんと小さいな」

「……………」

「まあ、いい。おまえにはたっぷり食わせてやろう。ひもじい思いはさせん。着る物もくれてやる。そのかわり、しっかり働いてもらうぞ」

「はい」

今度は千代もうなずいた。病弱な母にかわって、煮炊《にた》きも繕《つくろ》い物《もの》もやってきた。野良《のら》仕事もやったし、ときには近くの森に入り、薬草やきのこをとって暮らしの足しにした。たいがいのことはできる。

だが、男は思いがけないことを言った。

「おまえには特別な役目をやってもらうつもりだ……ある方のお世話をし、話し相手になってもらいたい」

「話し相手、ですか？」

「……その方は、たいそう人嫌《ひとぎら》いなのだ。だが、おまえのような小娘《こむすめ》になら、心を開くかもしれん。うまく機嫌《きげん》をとれたら、おまえにはたっぷり褒美《ほうび》をやろう。だから、心してお相手するのだ。いいな？」

押《お》しつけられるように言われ、千代《ちよ》はうなずくしかなかった。

少女の素直《すなお》さが気に入ったのか、男の顔が少し和《やわ》らいだ。

「ああ、言うのが遅《おく》れたが、わしがこの家の当主、阿豪幽斎《あごうゆうさい》だ。これはわしの次男で、平八郎《へいはちろう》という」

平八郎と呼ばれた若者は、にらむように千代を見ていた。怒《おこ》っているようでもあり、期待をこめたようでもある目つきだ。

とまどいながらも、千代《ちよ》はさらに頭をさげた。

「よ、よろしくお願いします」

「うむ。では、さっそくあの方のもとに行ってもらおう。だが……その格好《かっこう》ではあまりに見苦しいな。平八郎《へいはちろう》、千代を着替《きが》えさせてから、離《はな》れへ連れていってやれ」

「はい、父上」

平八郎は「ついてこい」と言って、千代を座敷《ざしき》の外へと連れだした。平八郎のすぐ後ろを歩きながら、千代はひるんだ。平八郎の着物から、妙《みょう》な臭《にお》いが漂《ただよ》ってくるのだ。どくだみとのびるを混ぜたような、いやな臭いで、しかも強烈《きょうれつ》だ。

こんな立派な着物を着ている若様から、なんでこんな変な臭いがするんだろう?

千代は心の中で首をかしげた。

平八郎に連れていかれた先は、屋敷《やしき》の真東に面した部屋だった。小屋くらいの広さがある。それを、「ここがおまえの部屋だ」と言われ、千代は目の玉が飛びだすほどおどろいた。

「こ、ここが?」

「そうだ。そこの籠《かご》に、着物を少しばかり入れておいた。あとでたしかめて、足りないものがあれば言えばいい。ああ、その先には小さいが湯殿《ゆどの》がある。そこもおまえだけのものだ。自由に使え」

ますます千代《ちよ》はおどろいた。自分の部屋に、自分の湯殿《ゆどの》。信じられない贅沢《ぜいたく》だ。

ぼうっとしている少女に、平八郎《へいはちろう》は強い口調で言った。

「ただし、勝手に屋敷《やしき》の外に出たりしたら、うちの犬どもをけしかけるからな。外に用があるときは、まず俺《おれ》に言え。ほかにも言っておきたいことはあるが、それはまあ、あとでもいいだろう。まずは着替《きが》えろ。濡《ぬ》れているようだし、そのままじゃ風邪《かぜ》をひくぞ」

そう言って、平八郎は部屋の隅《すみ》においてある籠《かご》へと近づき、中から着物を一枚取りだした。

「そら。これでも着ておけ」

渡《わた》されたのは、ふんわりとした桃色《ももいろ》の地に、白と水色のなでしこが散った小袖《こそで》だった。おろしたての品ではなさそうだが、汚《よご》れやほころびなどは見当たらない。ほんの数回、だれかが袖《そで》を通しただけのようだ。ぼろぼろの古着しか着たことのない千代には、その真新しさがまぶしかった。

『ど、どうしよう……』

美しい小袖に、千代はすっかり気おくれしてしまった。そんな千代に、平八郎はえんじ色の細帯を押《お》しつけた。

「早く着替《きが》えろ。俺《おれ》はそこの廊下《ろうか》で待っててやるから」

平八郎《へいはちろう》はそう言って、部屋を出ていった。

本当にこの小袖《こそで》を着てもいいらしい。

千代《ちよ》は濡《ぬ》れた着物をぬぎ、どきどきしながら小袖を着こんだ。布地は肌《はだ》ざわりがよく、暖かかった。その着心地に思わずうっとりしていると、廊下にいる平八郎が声をかけてきた。

「そろそろいいか？」

「あ、は、はい！」

千代はあわてて部屋を出た。待っていた平八郎は、千代を一目見て、うなずいた。

「なかなか似合っているじゃないか。よし。ついてこい。離《はな》れに行くぞ」

二　闇《やみ》の中の少女

その離《はな》れは、千代《ちよ》の部屋からすぐそばのところにあった。渡《わた》り廊《ろう》下《か》一本で、母屋《おもや》とつながっている。

見た目は、蔵にそっくりだった。壁《かべ》はしっくいで塗《ぬ》りかためられていて、窓はなく、戸口が一つあるだけだ。

不思議なことに、その建物はかすんで見えた。暗い霧《きり》のようなものが、離れ全体を包んでいるのだ。

見たとたん、いやだなと千代は思った。なんだか気味が悪い。が、平八郎《へいはちろう》がずんずんと歩いていくので、千代もついていかないわけにはいかなかった。

扉《とびら》の前について、また千代はおどろいた。扉には、鉄の錠前《じょうまえ》が三つもかかっていたのだ。平八郎は鍵《かぎ》の束を取りだし、錠前を一つずつはずしていった。

ようやく扉が開かれた。

「さあ、入れ」

中に入ったとたん、千代《ちよ》は思わず口と鼻に手を当てていた。

体にまとわりつくような、よどんだ空気が押《お》しよせてきたのだ。吸いこむと、のどや口の中がべとべととした。まるで空気自体が腐《くさ》っているかのようだ。中が暗いせいで、よけいに息苦しく感じられる。

と、平八郎《へいはちろう》がろうそくに火を灯《とも》した。少し明るくなって、ほっとしたのも束《つか》の間《ま》、千代は体をこわばらせた。目の前に、太い格子《こうし》がばんっと張りだしていたのだ。

格子は、戸口からすぐのところにはめこまれていた。見るからに頑丈《がんじょう》で、北の大熊《おおくま》さえ閉じこめられそうだ。よく見れば、天井《てんじょう》も同じような格子でおおわれている。まるで大きな檻《おり》のようだ。

いやなところだと思いつつ、千代は格子の向こうに目をこらした。中はふつうの家屋とほとんど変わらないようだった。ふすまや障子《しょうじ》があって、それにしきられた部屋がある。

しかし、いちばん奥《おく》には、見慣れないものがあった。太い注連縄《しめなわ》が一本、ふすまの上につり下げられていたのだ。

それは黒い注連縄だった。縄《なわ》も紙垂《かみしで》も真っ黒で、なんとも不吉《ふきつ》な気配をかもしだしている。

そして、注連縄《しめなわ》の先には、闇《やみ》があった。

格子《こうし》の戸を開けると、平八郎《へいはちろう》は千代《ちよ》を中に押《お》しこんだ。そうして自分は中には入らず、なんとそのまま戸を閉めて、鍵《かぎ》をかけてしまった。

千代はあわてて格子にかじりついた。

「な、何をするんですか！」

「ここから先は、おまえの仕事だ。右手に戸が見えるだろう？　そこを開ければ厠《かわや》がある。用足しにはそこを使え」

「で、でも……」

「そら、これを持っていけ」

格子越《こうしご》しに渡《わた》されたのは、小さなとっくりと杯《さかずき》だった。とっくりは重く、中からは酒の匂《にお》いがした。

「特別に用意させた清めの酒だ。その酒をお守り様に飲ませるのが、おまえの役目だ」

「お守り、様……？」

「奥《おく》を見ろ」

平八郎は奥の注連縄を指さした。

「注連縄《しめなわ》が見えるだろう。あの向こうに、我が阿豪家《あごうけ》の守り神がおられる。我が家に富と運をもたらしてくれるお方だ。だから、我らはお守り様と呼んでいる」

平八郎《へいはちろう》は顔をゆがませながら言った。苦々しげな口調だった。

千代《ちよ》はもう一度、注連縄のほうを見た。黒い注連縄の奥《おく》に広がる、禍々《まがまが》しい闇《やみ》。その闇の中には、たしかに何かが息づいている。

後ずさりしかける千代の肩《かた》を、平八郎が格子《こうし》越《ご》しに押《お》しやった。

「さあ、行け。行って、お守り様に酒をすすめるんだ。なんだったら、話し相手になってさしあげろ。だが、よけいなことを聞いたり、しゃべったりするな。それから、お守り様から何かを頼《たの》まれたら、それがどんなことであれ、全部俺《おれ》に知らせろ。わかったな？」

平八郎のぎらぎらとした目が恐《おそ》ろしくて、千代は無言でうなずくしかなかった。ぶるぶる震《ふる》えながら、千代は注連縄のところまで近づいた。

「し、失礼します……」

闇の中に一歩踏《ふ》みこんだとたん、いっそう息苦しくなった。

たまらずせきこんでいると、ふいにひんやりとした気配を感じた。

何かが近くにいる。

とっさに、森の獣《けもの》のことが頭に浮《う》かんだ。森に入ると、いつのまにか獣がそばに来ていて、こちらをのぞきこんでいることがある。この気配はそれに似ている。だが、ここにそんなものがいるはずがない。

思いきって顔をあげてみれば、目の前に一人の少女が立っていた。

八歳《さい》くらいの、それは美しい少女だった。赤い無地の小袖《こそで》に黒い袴《はかま》を身につけ、首には黒鉄《くろがね》の細い輪をはめている。肌《はだ》は金色がかった褐色《かっしょく》。長い髪《かみ》は狐《きつね》のような鮮《あざ》やかな黄丹色《おうにいろ》だ。赤みをおびた金の目は、ちらちらと炎《ほのお》のように輝《かがや》いている。

しかし、その表情は硬《かた》く、幼さやあどけなさというものが、まったくなかった。かわりにあるのは、はりつめた気高さ、他者をはねつける冷ややかさだ。

なんてきれいで、なんて痛々しいんだろう。

千代《ちよ》は挨拶《あいさつ》も忘れて、ただただ相手を見つめつづけた。

少女のほうも、千代をじっと見ていた。やがて赤い唇《くちびる》を小さく開いた。

「そなた、阿豪《あごう》の者ではないね」

静かな、鈴《すず》を転がすような声だった。泉や風がささやきかけてきたかのような、不思議なひびきがある。

人の声ではなかった。こんな声を、人が出せるはずがない。

ふいに恐《おそ》ろしくなって、千代《ちよ》はあわてて頭をさげた。ひたすらはいつくばっていると、ふたたび声がかけられた。

「そなた、名は?」

「ち、千代といいます!」

「どうして、ここへ来た?」

「あ、あ、あなた様のお相手をするようにと言われた、からです!」

「……………」

少女の目が暗くよどんだ。

これではいけないと思い、千代は恐《おそ》る恐《おそ》るたずねた。

「あの、あなた様のことは、なんとお呼びすればいいですか?」

「阿豪《あごう》の者どもはそれすら言わなかったのか?」

「は、はい。あの、阿豪の守り神様だと……」

その瞬間《しゅんかん》、少女の小さな体が十倍にふくれあがった。いや、ふくれあがったように千代には見えた。

「があああああっ！」

少女の口がかっと開かれ、獣《けもの》じみた叫《さけ》びが長々とあふれた。

もはや、あのきれいな少女はどこにもいなかった。目は真《ま》っ赤《か》に燃えあがり、口は耳元まで裂《さ》け、鋭《するど》い牙《きば》がのぞいている。髪《かみ》はばりばりと逆立ち、それこそ炎《ほのお》の塊《かたまり》のようだ。

千代《ちよ》はよろよろと後ずさりした。苦しくて息ができなかった。少女からほとばしる激しい怒《いか》りに、肌《はだ》にぱちぱちと痛みが走る。

逃《に》げなければ。とにかく逃げなければ。

必死の思いで注連縄《しめなわ》の外へとはい出した。とたん、空気が和《やわ》らいだ。

助かったのだ。

千代はそこで気を失った。


気がつけば、千代は自分の部屋に寝《ね》かされており、阿豪平八郎《あごうへいはちろう》がこちらを見ていた。

「あっ……」

飛び起き、ひれふす千代に、平八郎はつぶやくように言った。

「さっそく怒《おこ》らせたというわけか」

「も、申し訳ありません」

「……いや。おまえのせいじゃないさ。こうなるだろうと、思っていた」

「えっ？」

「子どもにお守り様のお世話をさせようというのは、兄上の思いつきだ。俺《おれ》は反対したんだ。子どもに、どうにかできるような相手じゃない。だが、父上は聞く耳をもたなかった。兄上の言うことは、なんでもよいと思っているからな」

「………」

「くそ！　兄上のことばかり頼《たよ》りにして。少しは俺のことも認めてくだされぱいいのに」

うらめしげにつぶやく平八郎《へいはちろう》の前で、千代《ちよ》は身動き一つできなかった。ぬるぬるとした冷たい汗《あせ》が、わきの下や首筋からしたたっていく。

守り神だというあの少女を、喜ばせるどころか、怒《おこ》らせてしまった。自分はしくじってしまったのだ。どんな罰《ばつ》を受けることになるのだろう。

おののいている千代に、平八郎は言った。

「まあいい。無事にもどれただけでもよかった。今日はゆっくり休め。……明日になったら、またお守り様のもとに行ってもらうからな」

「えっ？」

目を丸くする千代《ちよ》を、平八郎《へいはちろう》は気の毒そうに見た。

「おまえは、お守り様のお相手をするためだけに買われたんだ。お守り様が心を開くまで、何度でも離《はな》れに行ってもらう。これは父上の命令だ。……かわいそうだが、俺《おれ》にはどうにもできない」

かんべんしてくださいと、千代は叫《さけ》びそうになった。ふたたび、あの恐《おそ》ろしい少女に会う。そんな勇気はとてもなかった。

しかし、千代がそう言おうとしたとき、平八郎はまじめな顔で言ったのだ。

「おまえは運がいい。お守り様に殺されなかったんだからな」

千代は冷水をあびせかけられた気がした。

運がいい。殺されなかったのだから。

それは、千代は殺されてもおかしくはなかったということだ。そして、平八郎はそれがわかっていて、千代をあの部屋に送りこんだということだ。

ふと思った。本当に恐ろしいのは、あの部屋の中の神様ではなく、この阿豪《あごう》の人たちではないだろうかと。

三　あぐりこ

翌日、千代《ちよ》ははれぼったい目で朝を迎《むか》えた。あの燃えあがる赤い目が頭からはなれず、結局、一睡《いっすい》もできなかったのだ。

今日もまた、あの方に会いにいかなければならない。それを思うと、震《ふる》えが止まらなかった。布団《ふとん》の中で縮こまっていると、「食事ですよ」と、下女が朝餉《あさげ》を運んできた。朝餉は贅沢《ぜいたく》なものだったが、千代はほとんど食べられなかった。のどを通らなかったのだ。

朝餉がすむと、平八郎《へいはちろう》がやってきた。

「おつとめだ、千代。さあ、来い」

そうして、千代はふたたび離《はな》れの格子《こうし》の中に放りこまれた。

「今度こそ頼《たの》むぞ、千代。一口でもいいから、酒を飲んでいただけるようにしろ。でなければ、少しでも機嫌《きげん》をとるんだ。いいな?」

渡《わた》されたとっくりには、なみなみと酒が入っていた。千代はおずおずと聞き返した。

「あの……あんな小さな方に、お酒を飲ませて、本当にいいんですか？」

「おまえ……まだわからないのか？」

あきれたように、平八郎《へいはちろう》は千代《ちよ》を見た。

「お守り様は人じゃない。あんな見かけをしているが、俺《おれ》の父上よりもずっと年上だ。なにしろ、この阿豪家《あごうけ》に九十年、おいでなんだからな」

「九、九十年！」

「そうだ。それだけ歳《とし》をとった、力持つ存在なんだ。くれぐれも失礼のないようにな。……ただし、気をつけろ。危ないと思ったら、すぐ逃《に》げてこい」

酒を持って、千代は恐《おそ》る恐《おそ》る注連縄《しめなわ》をくぐった。

やはり少女はそこにいた。千代を待っていたかのように、闇《やみ》の中に座っている。不思議なのは、注連縄をくぐるまでは、その姿が見えないということだ。

しかし、あれこれ考える余裕《よゆう》は、千代にはなかった。山の中で熊《くま》に出くわしたときのように、そろそろと千代は動いた。絶対に相手を刺激《しげき》したり、警戒《けいかい》させたりしてはならない。

やっとのことで膝《ひざ》をつき、頭をさげた。

「お、おはようございま、す」

千代《ちよ》の蚊《か》の鳴くような挨拶《あいさつ》に対して、あの不思議なひびきの声が応《こた》えてきた。

「おはよう、か。そうか。外は朝なのだね」

えっと思わず顔をあげた千代を、少女はまっすぐ見つめてきた。赤みがかった目は、今日はとても静かだった。

「昨日は悪かったね、千代。そなたに罪《つみ》はないのに。わしを守り神などとほざいた阿豪《あごう》に、どうにも怒《いか》りをこらえられなくて。だが、もう二度とそなたにあたることはせぬよ。約束しよう」

「は、はい」

千代は目を白黒させながら、うなずいた。とにかく、今日の少女は怒《おこ》ってはいないらしい。とりあえずは、それがありがたかった。この穏《おだ》やかさが続いているうちに、なんとか少女と親しくならなくては。

「あの……」

呼びかけようとして、千代はふたたび口ごもっていた。まだ少女の名を知らないことに気づいたのだ。そのことに少女も気づいたのだろう。妙《みょう》に光る目で千代を見つめてきた。

「わしのことをどう呼べばいいか、昨日もそなたは聞いてきた。そうだったね？」

「はい。あの……教えていただけますか？」

「……」

少女は口を閉ざしてしまった。じっとりとした目で、千代《ちよ》を見つめつづける。赤みがかった瞳《ひとみ》の奥《おく》に冷え冷えとした光が宿るのを見て、千代は震《ふる》えあがった。

やっぱりだめだ。お守り様は、人を憎《にく》んでいる。人というものを忌《い》み嫌《きら》っている。退散するしかなかった。

その後も毎日、千代は離《はな》れへと連れていかれた。

だが、何度訪れても、闇《やみ》の中の少女は千代に心を許そうとはしなかった。あからさまに追《お》い払《はら》いはしない。ただ、冷ややかに千代を無視するのだ。千代の姿など見えない。千代の声など聞こえない。そういう態度をとりつづけた。

ののしってくれたほうがずっとましだと、千代は悲しんだ。

お守り様を、千代は恐《おそ》れていた。お守り様と向かいあうと、なんともいえない恐怖《きょうふ》をひしひしと感じる。一方で、その美しさ、強く輝《かがや》く目に、惹《ひ》かれてもいたのだ。

自分を見てもらいたい。心を許してもらいたい。

恐《おそ》れと憧《あこが》れをないまぜにしながら、千代《ちよ》はお守り様と会いつづけた。だが、いつもすごすごと引きさがるはめになるのだ。

こんなことをしていて、意味があるのだろうか？　どんなにがんばっても、お守り様とわかりあえることなど、できないのではないだろうか？

千代は、だんだんそう思うようになった。

だが、阿豪家《あごうけ》はそうは思わなかったようだ。

屋敷《やしき》に来てから九日目の朝のことだ。平八郎《へいはちろう》は千代にとっくりを渡《わた》しながら、もう一方の手で、千代の細い手首をぎゅっとつかんだ。骨がきしむほど強く握《にぎ》りしめ、平八郎は千代の顔をのぞきこんだ。

「今日という今日は、何かよい知らせを聞かせろ。……父上がいらついている。このままだと、おまえ、まずいことになるぞ」

押《お》し殺《ころ》した声でささやくと、平八郎は手をはなした。

千代は恐怖《きょうふ》に震《ふる》えた。だが、怒《いか》りもおぼえた。よっぽど言い返したかった。

いったい、どうしたらいいっていうんですか？　あちらは、あたしのことを見ようともしないのに。話しかけることさえ、許してくれないというのに。

だが、結局、何も言えなかった。そのまま、千代《ちよ》は離《はな》れの闇《やみ》の中へと入った。

お守り様がいた。今日も変わらずに美しい。

平八郎《へいはちろう》のことすら忘れて、千代は少女をほれぼれと見つめた。

と、信じられないことが起きた。お守り様がこちらをまっすぐ見て、口を開いたのだ。

「あぐりこ……」

おどろきのあまり、千代はすぐには返事ができなかった。やっとのことで声をしぼりだした。

「あ、あぐりこ？」

「そうだ。わしのことは、あぐりこと呼んでおくれ」

名前を教えてくれたのだと、ようやく千代は理解した。

「あぐりこ……あぐりこ、様ですね」

名前が逃《に》げだしてしまうのを恐《おそ》れるかのように、千代は何度もその名前をくり返した。

そんな千代を見て、あぐりこは小さく笑った。かすかではあったが、たしかに千代に微笑《ほほえ》みかけてきたのである。

その笑《え》みに力を得て、千代は思いきって口を開いた。

「あの、お酒をお飲みになりませんか？」

その瞬間《しゅんかん》、千代《ちよ》は自分が急ぎすぎたことを知った。穏《おだ》やかだったあぐりこの目が、刺《さ》すように鋭《するど》くなったのだ。

「……わしに酒をすすめるように言われたのだね？」

「いえ、そういうわけじゃ……」

口ごもる千代をさげすむように見たあと、あぐりこは顔を背《そむ》けた。

「出ていけ！」

針のようにとがった声だった。

「去れ！　二度とわしにその顔を見せるな！　阿豪《あごう》にもそう伝えよ。二度とそなたをよこすな」

千代はとっくりをぎゅっと握《にぎ》りしめた。胸がずきずきと痛んだ。拒《こば》まれたことが、悲しくて、つらかった。自分のせっかちさに腹が立った。せっかく心を開きかけてくれていたのに。

あやまりたかったが、声を出すこともできなかった。あぐりこの顔は、いかなる言葉も拒んでいたからだ。

出ていくしかなかった。

翌朝、千代《ちよ》はまた離《はな》れに放りこまれた。「もう二度と顔を見せるなと、あぐりこ様に言われた」と、平八郎《へいはちろう》に伝えたのだが、まったく聞く耳をもってもらえなかったのだ。

もう行けませんと泣く千代を、平八郎は強く引っぱたいた。

「こんなこと、俺《おれ》にさせるんじゃない！　泣こうがわめこうが、絶対行くことになるんだからな！　いいか。これはおまえのためでもあるんだ。父上がじれてきている。もしかしたら、物《ぶっ》騒《そう》な手を使ってくるかもしれない。そうなったら、おまえは……とにかくだ。命が惜《お》しければ、行くんだ！」

そう叫《さけ》ぶ平八郎は、まるで自分が泣きだしそうな顔をしていた。

絶望しながら、千代は注連縄《しめなわ》をくぐった。

やってきた千代を、あぐりこはじろりと見た。とたん、その表情が少し変わった。ぶたれて赤くなった千代の右頬《みぎほほ》をじっと見つめる。

千代は顔を伏《ふ》せた。

あぐりこは今、何を感じているのだろう？　なんと醜《みにく》いとでも思っているのだろうか？

うつむいている少女を、あぐりこはなんともいえない顔で見つめつづけた。そして何かを観念したかのように目を閉じ、吐息《といき》を一つついた。

「酒を、おくれ……」

千代《ちよ》ははじかれるように顔をあげた。あぐりこが静かにこちらを見ていた。千代は胸をえぐられるような気がした。

自分のせいで、あぐりこは何かをあきらめたのだ。

なぜかそう思った。

「あ……」

涙《なみだ》がこみあげてきて、あわてて顔を伏《ふ》せた。あぐりこの声が穏《おだ》やかにふってきた。

「どうした？　早く酒をつぐといい。そうすれば、そなたは殴《なぐ》られずにすむのだろう？」

ごめんなさい。ごめんなさい。

心の中であやまりながら、千代は杯《さかずき》にほんの少しだけ酒をついだ。手が震《ふる》えて、こぼれた酒が、涙のように床《ゆか》にしたたった。

あぐりこは杯を受けとると、まるで苦い薬を飲むかのように、ぐっとそれを飲み干した。そのあと、しわがれた声で言った。

「もう、出ておいき」

「は、はい……」

あぐりこに背を向けた瞬間《しゅんかん》、千代《ちよ》は背後で恐《おそ》ろしい気配が立ちのぼるのを感じた。しゅうしゅうと、何かが音を立ててはき出されている。

見てはいけない。ふり返ってはいけない。これは人間が見てはいけないものだ。

逃《に》げるようにして、千代は暗闇《くらやみ》を飛びだした。

格子戸《こうしど》のところには、平八郎《へいはちろう》が待ちかまえていた。青い顔をして出てきた千代を、平八郎はつかまえた。

「どうだった？」

そう言うなり、平八郎は千代が何か答えるより先に、とっくりをひったくった。とたん、その目が丸くなった。

「少し……中身が減っているみたいだな？」

「はい。あぐりこ様がお飲みになったんです」

「本当か！」

「は、はい」

「そうか」

平八郎はほっとしたように息をついた。

「よくやったな、千代《ちよ》。これからも頼《たの》むぞ」

「は、はい」

千代は、あぐりこの様子が変だったことは伝えなかった。それを言ったら、またぶたれる気がしたからだ。

それから数日、同じことが続いた。あぐりこはほとんど口を利《き》かず、酒を一口飲むと、すぐに千代を追いだした。千代は逆《さか》らわなかった。とりあえず、あぐりこは酒を飲んでくれている。平八郎《へいはちろう》も、そのことに満足しているようだ。このますべてが何事もなくいってくれればいいのだが。

だが、千代の願いはかなわなかった。四日目の朝早く、千代の部屋に平八郎が踏《ふ》みこんできたのだ。

「いったい、どうなってるんだ！」

平八郎はまだ眠《ねむ》っていた千代をつかみあげ、がくがくとゆさぶった。

「本当にお守り様は酒を飲んでいるのか！　まさか、おまえがごまかして飲んでいるんじゃないだろうな！」

「ち、ちがいます！　そ、そんなことは……」

「じゃあ、なぜだ！　清めの酒を飲んでいるのなら、お守り様は穢《けが》れを出さないはずだ。なのに、なぜ屋敷《やしき》の穢れがなくならない！　みなの病《やまい》がひどくなっているのは、なぜなんだ！」

なんのことだと思いつつ、千代《ちよ》の頭に浮《う》かんだことがあった。酒を飲んだ後にあぐりこが発する、あの邪悪《じゃあく》な気配。穢れとは、あれのことだろうか？

と、いきなり千代は床《ゆか》に投げだされた。はっと見上げれば、平八郎《へいはちろう》が太い竹の棒《ぼう》を握《にぎ》っていた。平八郎は苦しそうな顔をしていた。

「……父上のご命令なのだ。俺《おれ》たちが何を望んでいるのか、お守り様にもっとはっきりとお伝えしなくてはならないんだ！」

ぶんと、棒が振《ふ》りおろされた。

また来たかと、あぐりこは目を閉じたまま思った。

またあの娘《むすめ》が来た。また清めの酒を持ってきたのだ。本当は飲みたくもない酒。だが、飲まなければ、娘が殴《なぐ》られてしまう。

いいだろう。飲んでやるとも。だが、それで自分の怒《いか》りを弱められると思ったら、大まちがいだ。憎《にく》い一族。ずるい一族。許さない。決して許さない。

怒《いか》りと憎《にく》しみも新たに、あぐりこはゆっくりと目を開いた。

千代《ちよ》がいた。いつものようにおずおずとした目をして、こちらに近づいてくるところだった。

だが、いつもとは様子がちがった。その顔色は蒼白《そうはく》で、歩き方もふらふらとしている。

どうしたと声をかけようとしたとき、あぐりこは血の匂《にお》いをかぎつけた。

「そなた！　何をされたのだ！」

思わず声をかけた瞬間《しゅんかん》、ぐらりと、千代が倒《たお》れた。

あわてて駆《か》け寄《よ》り、あぐりこは声を失った。袖《そで》からのぞいた千代の腕《うで》は、あざだらけだったのだ。腕だけではない。足にもある。

あぐりこは血が出るほど唇《くちびる》をかみしめた。

「阿豪《あごう》め……邪気《じゃき》を放つのをやめなければ、この娘《むすめ》を殺すというのか」

あぐりこのつぶやきは、千代の耳には届かなかった。千代は痛みをこらえながら立ちあがり、頭をさげた。

「も、申し訳ありません。で、でも、お酒は無事ですから……お飲みになりますよね？」

千代は、杯《さかずき》に酒をつごうとした。だが、するりと、あぐりこが手を伸《の》ばしてきた。

「自分でやる」

短く言うと、あぐりこはじかにとっくりに口をつけ、ごくごくと飲みはじめた。いやなものをすべて飲みくだすような、荒々《あらあら》しい飲み方だった。

目を丸くしている千代《ちよ》にとっくりを返すと、あぐりこはうつろな表情で言った。

「その傷が癒《い》えるまで、ここには来るな。阿豪《あごう》にはこう伝えるのだ。……おまえたちの望みはかなえる。だが、また千代を痛めつけたりしたら、邪気《じゃき》を倍にしてやるぞと……帰れ」

千代はあわてて出ていった。今回は、あの嫌《いや》な気配が噴《ふ》きだしてくることはなかった。

千代は、外にいた平八郎《へいはちろう》にあぐりこの言葉を伝えた。はじめて、平八郎が満足そうに笑った。

「よくやったな、千代。ああ、心配するな。もうおまえに手をあげたりしないから。これですべてうまくいくさ。体がつらいだろう？　今日はもう寝《ね》てしまえ。あとで、薬も届けてやるから」

ゆっくり休めと、平八郎は千代にやさしく言った。そのやさしさに、なぜか千代はぞっとしたのだった。

四　一言の救い

それから数日後、傷が癒《い》えた千代《ちよ》はまた離《はな》れに行かされた。

平八郎《へいはちろう》の後ろを歩きながら、心のどこかで、千代はあぐりこに会えることを喜んでいた。

あの美しい、きらきらとした朱金《しゅきん》の瞳《ひとみ》を、また見ることができる。

そう思うと、胸が自然に高鳴ってくる。

数日ぶりに会うあぐりこは、あいかわらず美しかった。が、数日前とはどこかがちがっていた。

あぐりこは微笑《ほほえ》んでいたが、その微笑みは力のない、くすんだものだった。あの牙《きば》をむくような激しさも、目から失《う》せている。まるで病《やまい》にかかってしまったかのようだ。

びっくりしている千代に、あぐりこはやさしく言った。

「傷は癒えたようだね」

「は、はい……」

千代《ちよ》はそう答えたきり、黙《だま》りこんでしまった。何を言ったらいいかわからなかった。せっかく、あぐりこのほうから話しかけてきてくれたというのに。

と、あぐりこがふたたび口を開いた。

「今日は少しそなたと話したい。だが、人と話すのは久しぶりで、何をしゃべったらいいかわからない。だから、そなたが話しておくれ」

「えっ？　あ、あたしが話すんですか？」

思いがけないことにあわてる千代を、あぐりこはじっとのぞきこんできた。

「話はなんでもかまわない。わしはそなたの話を聞きたいのだ」

「でも……」

「もし、そうだな。そなたが話をしてくれたら、わしは酒を飲むとしよう。どうだ？」

千代は少しためらった。よけいなことは話すなと言われている。でも、何か話せば、酒を飲んでくれるという。なにより、あぐりこを喜ばせるのが、自分の役目のはずだ。

ついに千代はうなずいた。

「何をお話しすればいいですか？」

「まずは、そなたのことを話しておくれ。そなた、どうしてこの屋敷《やしき》に来たのだ？」

「売られたんです。前の秋に母さんが死んで、一人になってしまったから……それで村長《むらおさ》が、このほうがおまえのためになるからって」

「村長？　他人がそなたを売ったのか？」

あぐりこがけわしい顔をしたので、千代《ちよ》はあわてて言った。

「それがしきたりなんです。身寄りのない子どもは、村長の世話になるって。あたしだけじゃありません。当たり前のことなんですよ」

春に父が、秋に母が亡くなると、千代は村長に預けられることになった。だが、預けられるというのは、大切にされることではなかった。家の片隅《かたすみ》に放りこまれ、わずかな飯のかわりに、こき使われるということだった。

千代はしだいに明るさを失い、無口になっていった。

むっつりと黙《だま》りこむ少女を、村長一家は気味悪がるようになった。

そこへ、人買いの三国《みくに》の十郎《じゅうろう》がやってきた。「十から十四くらいの歳《とし》で、めったなことではへこたれないような、忍耐強《にんたいづよ》い娘《むすめ》はいないだろうか？」という十郎に、村長はこれ幸いにと、千代を押《お》しつけたのだ。

村をはなれた朝のことを、千代は忘れられなかった。旅立つ千代を、だれも見送らなかったのだ。

十郎《じゅうろう》の後ろについていく千代《ちよ》を、村人は完全に無視した。千代という娘《むすめ》など、この村にはいなかったのだ。彼《かれ》らの顔がそう言っていた。

そのときはじめて、千代は激しい憎《にく》しみをおぼえた。

みんな醜《みにく》い。みんな嫌《きら》いだ。大嫌いだ。

あの日以来、ざらついた声がわめきつづけている。

だが、千代はあぐりこには微笑《ほほえ》んで見せた。

「村ではご飯もろくに食べられなかったし、みんなのことも好きじゃなくて。だから、ここに来られてよかったと思っています。おかげで、こんなにきれいな着物を着せてもらえるし、ご飯もたくさんいただけるし。それに、あ……」

はっと、千代は言葉を切った。あぐりこが、その小さな手を千代の手に重ねてきたのだ。

「無理せずともいいよ」

あぐりこの声は低く、そしてやさしかった。

「売られるというのは、つらいことだ。心を踏《ふ》みにじられることだ。つらかったね、千代」

千代の胸に、ふつふつと熱いものがこみあげてきた。

つらかったね。

その言葉がじんと心にしみた。かじかんでいた体が温《ぬく》もりを取りもどすように、千代《ちよ》は心が温かくなっていくのを感じた。たったの一言が、こんなにもうれしく感じられるなんて。

ずっとだれかにそう言ってもらいたかったのだと、千代ははじめて気づいた。そのとたん、涙《なみだ》があふれた。

母が死んだときから、千代を気づかってくれる人はいなくなった。心細さと孤独《こどく》に、心が凍《こお》りついていくようだった。でも、だれもそのことに気づいてはくれなかった。あぐりこだけが気づいてくれたのだ。

しかも、あぐりこは、千代が理不尽《りふじん》な目にあったことを、心から怒《おこ》ってくれた。そういう思いやりにふれるのも、千代には久しぶりのことだった。

泣きじゃくりながら、千代は思った。

『あぐりこ様はあたしを救ってくださった。だから……次はあたしの番だ。あぐりこ様が幸せになれるように、どんなことでもやってあげよう』

そう誓《ちか》った。

千代《ちよ》が落ち着きを取りもどすのを待ってから、あぐりこは杯《さかずき》に手を伸《の》ばした。

「話を聞かせてくれたから、約束通り、酒を飲むとしよう」

あぐりこはゆっくりと酒を飲み干し、ほうっと息をはいた。

「ああ、よい酒だ。阿豪《あごう》の酒とはいえ、こうして味わって飲むと、やはりうまい」

にっこりするあぐりこに、思わず千代も笑い返した。

「うむ。よい笑顔《えがお》だ。そなたの笑顔は好きだ。とても心地いい」

あぐりこは目を細めながら、もう一杯酒《いっぱい》を飲んだ。それから言った。

「今日はもうおもどり、千代。また明日来ておくれ」

「はい」

「そうだ。外に出たら、阿豪にこう伝えておくれ。そなたと遊べるように、手鞠《てまり》を一つよこせと。わしは鞠つきが好きなのだ」

「わかりました。必ず伝えます」

「うむ。また明日会おう」

あぐりこの笑顔に見送られながら、千代は注連縄《しめなわ》の下をくぐった。くぐってすぐに後ろをふり返ったのだが、注連縄の向こうは真っ暗で、いくら目をこらしても、あぐりこの姿は見えなかった。

『もしかしたら、あの注連縄《しめなわ》の向こうは、この世とはちがう場所なのかもしれない』

そう思いながら、千代《ちよ》は格子戸《こうしど》に向かった。


それからも毎日、千代は離《はな》れに通い、あぐりこの相手をした。

最初のころはすぐに「もうおもどり」と言っていたあぐりこも、だんだん千代を長くとどめて遊ぶようになった。遊ぶものには困らなかった。阿豪《あごう》一族は手鞠《てまり》だけでなく、すごろくや人形など、いろいろな玩具《おもちゃ》をよこしたからだ。

しかし、あぐりこがいちばん喜ぶのは、千代の話だった。千代が見た空の色、雲の形、軒下《のきした》にできたつららの数。そうしたなんでもないことを、真剣《しんけん》になって聞きたがる。

そして、話を聞いている間、あぐりこの目にはなんともせつなげな光が浮《う》かんでいるのだった。

五　祟《たた》り

冬が終わり、春が来た。しかし季節がかわっても、千代《ちよ》の毎日は変わらなかった。朝起きて、朝餉《あさげ》をすませたら離《はな》れに行き、日が暮れるころまであぐりこと過ごす。そのくり返しだった。

そうして、千代が屋敷《やしき》に来てから二月半あまりが経《た》った、ある日のこと。いつものように千代はあぐりこのもとに向かった。

離れへ続く廊下《ろうか》を歩きながら、ふと今日の朝餉のことを思い出した。今日も、千代の膳《ぜん》には、山盛《やまも》りの飯がついてきた。輝《かがや》くように白い、ふんわりとした米の飯だ。

阿豪《あごう》屋敷に来るまで、千代は米の飯など食べたことがなかった。村ではだいたい、稗《ひえ》や粟《あわ》を麦の中に混ぜこんで、雑炊《ぞうすい》にしたものをすすっていた。それだって、あればいいほうで、ないときは草の実や根を煮《に》こんだものを食べなくてはならなかった。

だから、自分の朝夕の食事に、必ず白米がつくことに、最初は衝撃《しょうげき》を受けた。

『ううん。白いご飯だけじゃない。肉や魚も……村にいたころは食べたこともないものばかりだもの』

本来なら武家や金持ちの商人しか食べられないようなごちそうが、ここでは千代《ちよ》のような下女にも毎日ふるまわれる。いかに阿豪《あごう》が力と富をもっているか、わかるというものだ。

実際、阿豪はこのうえもなく豊かだった。屋敷《やしき》には毎日のように高価な品々が届くし、もっている山々からは銀や砂鉄がふんだんに採れ、それを元手にした商《あきな》いも順調だという。また、大雨が降ろうとも、おびただしい害虫がわこうとも、阿豪の田畑だけは少しも痛手を受けないのだとか。

そうしたことを耳にするたびに、千代は不思議に思った。あまりに運がよすぎるのではないだろうか。

『やっぱり、あぐりこ様のお力なのかな？　でも、あぐりこ様は阿豪のことがお嫌《きら》いみたいだし。嫌いな相手に運をもたらす神様なんているわけない。でも、ほかに考えられないし。……とにかく、変だ。これじゃ、阿豪が運をひとりじめしてるみたい。ほかの人の分まで、運を吸いあげてるんじゃないかしら』

自分が感じたことに、ぞっとしたときだ。

「へっ！　あっちもこっちも、福の神がちょこちょこ来てるみてえなのによ。どうして俺《おれ》んとこには貧乏神《びんぼうがみ》しか来ねえんだろうな?」

頭の中に聞きなれた声がよみがえり、千代《ちよ》はびくりとした。それは亡くなった父親の口癖《くちぐせ》だった。

千代の父はぐちの多い男だった。毎日をぐだぐだとやり過ごし、人のことをうらやみ、自分の運の悪さを妻と娘《むすめ》のせいにする男だった。あげくに、風邪《かぜ》をこじらせて、あっけなくあの世にいってしまったのだ。

千代は父親の死を悲しまなかった。正直、それどころではなかったのだ。

ぐちが多くてものぐさだったとはいえ、父親は一家の担《にな》い手《て》だった。その父が亡くなり、母は病弱なうえに身重ときている。千代が働くしかなかった。毎日を必死で生きのび、母と生まれてくる赤《あか》ん坊《ぼう》を守ろうとする少女に、悲しむひまなどありはしなかったのだ。

もし父が死ななかったら、自分が阿豪屋敷《あごうやしき》に来ることはなかっただろう。そして母も……あんなことにはならなかったかもしれない。

つきんと、鼻の奥《おく》が痛くなり、千代はあわてて思い出をふり払《はら》った。あぐりこのために、いつも笑顔《えがお》でいよう。そう決めていたのだ。

気持ちを整え、千代は離《はな》れの扉《とびら》に鍵《かぎ》を差しこんだ。このごろでは、離れの鍵を預けられ、一人で離《はな》れに出入りをすることを許されていた。むろん、夕方には鍵《かぎ》を平八郎《へいはちろう》に返しに行かなくてはならないのだが。

それでも、平八郎がついてこなくなったので、千代《ちよ》はほっとしていた。あの若者がそばにいるだけで、心《しん》の臓《ぞう》がばくばくと鳴りだしてしまうのだ。

あのとき以来、平八郎が千代に手をあげることはなかった。それどころか、何かと気づかってくれ、「よくやっているな」と、小さな菓子《かし》をくれることもある。だが、そのやさしさは何かの拍子《ひょうし》にすぐ壊《こわ》れてしまいそうで、だからこそ千代は平八郎が怖《こわ》かった。

千代は注連縄《しめなわ》をくぐった。

「おはようございます、あぐりこ様」

「おお、待っていたよ、千代」

あぐりこはうれしげに千代を出迎《でむか》えた。

「今日は外はどんな様子だ?」

「とてもいい天気ですよ。もうすっかり春ですね。お庭の草はどんどん背が高くなってきていて、生垣《いけがき》の向こうの山々も、もう緑一色です」

「そうか」

「桜《さくら》はもう散ってしまいました。でも、かわりにいろいろな花が咲《さ》きはじめていますよ」

「どんな花だ?」

「ええと、ほとけのざとか、かたくりとか、はこべとか。すみれもどんどん出てきています」

「すみれか。いいね。わしの好きな花だ。あの色。ああ、思い出すよ。故郷のすみれは、目も覚めるような紫色《むらさきいろ》をしていた。……本当に春なのだね」

うっとりとした目をしながら、あぐりこは紙を一枚取りだし、そばに置いてあったすずりと筆に手を伸《の》ばした。千代《ちよ》から聞いたことを絵に描《えが》くのが、このごろのあぐりこのお気に入りなのだ。

さらさらと、紙に筆を走らせるあぐりこ。絵の中にたちまち春の景色《けしき》ができあがっていき、そのうまさに千代は感心した。

「あぐりこ様はほんとに絵がお上手ですね」

「千代のおかげだよ。千代がくわしく話してくれるから、忘れていたものが鮮《あざ》やかに思い出されてくるのだ。そなたの話からは春の気配がする。若葉の香《かお》りが匂《にお》ってくるようだよ」

やさしく言った後、あぐりこはふいに顔をくもらせた。

「……もう一度、そうしたものを我が目で見て、匂いをかげたら……春風の歌声を聞けるのなら、何をくれてやっても惜《お》しくはないというのに！」

気が高ぶったのか、あぐりこはいきなり絵筆を放りだし、すずりをなぎはらった。すずりはひっくり返り、中の墨《すみ》が床《ゆか》に飛びちった。

「あっ！」

千代《ちよ》はあわてて絵を拾いあげて、こぼれた墨から遠ざけた。

あぐりこははずかしそうにうつむいた。

「すまない」

「大丈夫《だいじょうぶ》ですよ。ほら、絵も無事です。でも、墨はふかないと。ふくものをもらってきますね」

千代は離《はな》れを出て、台所へ向かった。

屋敷《やしき》の台所は、広々とした立派なものだ。阿豪《あごう》一族の食事はもちろん、この屋敷で働く者たちの食事もこしらえるのだから、大きいのも当然だ。

食事前となれば、たくさんの女たちが目まぐるしく働く台所だが、今は朝餉《あさげ》が終わったばかりなので、下女は一人しか残っていなかった。

火にかけた大鍋《おおなべ》の前にいたのは、こまきという名の初老の女だった。下女たちのまとめ役で、この屋敷《やしき》でのつとめも長いという。

千代《ちよ》はそっと声をかけた。

「すみません」

「ん？　おや、千代じゃないか。めずらしいね。どうした？」

「はい。あの、何かふくものを貸してもらえませんか？」

「ぞうきんでいいならあるけど。いったい、どうしたのさ？」

「あぐ、いえ、姫様《ひめさま》が墨《すみ》をこぼしてしまって」

この屋敷で働いている者たちは、あぐりこのことを知らない。「離《はな》れに閉じこめられているのは、阿豪幽斎《あごうゆうさい》の心を病《や》んだ妹」と、教えられているのだ。そして、千代はその〝姫様〟のお世話をしていることになっていた。

こまきは立ちあがりながら、気の毒そうに言った。

「あんたも、いつもいつも姫様のお世話で大変だねえ」

「いえ、そんな」

「ああ、嘘《うそ》をつかなくたっていいよ。あんたがどんなに大変かは、あたしらはみんなわかっているからね。朝起きたらすぐに離れに行って、そのまま一日あの中にいなきゃいけないんだろ？　お日様にさえあたれないなんて。あんた、自分の顔がどんなふうになってるか、わかってるかい？　すっかりなまっちろくなっちまって。まるであけびの中身みたいだよ。病人と思われたくなかったら、もう少し太ったほうがいいねえ。ああ、ここにあった。ほら、ぞうきんだよ」

「ありがとうございます。助かります」

千代《ちよ》は礼を言ってもどろうとしたが、こまきはそれを呼びとめた。

「まあ、お待ちよ。今、たけのこを煮《に》ていてね。あと少しで煮えるから、姫様《ひめさま》にも持っていってあげなよ。わざわざ遠くから取りよせたものだから、きっと喜ばれるよ」

「で、でも……」

「いいからいいから。ほら、ここにお座りよ。ほんとにもうすぐだからさ」

こまきは自分の横をさし示した。退屈《たいくつ》な鍋《なべ》の番をまぎらわせるため、千代とできるだけおしゃべりしようというのだろう。

千代がしかたなく腰《こし》をおろすと、こまきは興味津津《きょうみしんしん》の様子でたずねてきた。

「ね、姫様のことを教えておくれよ。いったい、どんなお人なんだい？　あたしはお会いしたことはないけど、お館様《やかたさま》の妹ってことは、やっぱりもういい歳《とし》なんだろう？」

千代《ちよ》は困ってしまった。あぐりこのことは絶対に他の者にしゃべるなと、平八郎《へいはちろう》にかたく口止めされているのだ。そのことを正直に言うことにした。

「ごめんなさい。姫様《ひめさま》のことはしゃべってはいけないって、平八郎様に言われているんです」

平八郎と聞いて、こまきはひるんだ。

「平八郎様か。……わかった。これ以上は聞かないよ。平八郎様に止められているんじゃ、しかたないものね。おっかないお方だもの。……子どものころは、おとなしくてやさしいお子だったんだけどねぇ」

今度は千代が目を見張った。

「へ、平八郎様がですか？」

「ああ。平八郎様は、生まれたときに、母上を亡くされているんだよ。母親ってものを知らないせいか、気弱で、よく泣いていたよ。お館様《やかたさま》はそれが気にくわなくて、やたらきびしくされてねぇ。おかげで、平八郎様はあんなふうになっちまった。今でもやさしいところはあるんだけど、怒《おこ》ると、まるで別人みたいになっちまう。とくに、お館様にしかられたときはよくないね。暴れ馬みたいに、心が荒《あ》れちまうんだ」

心が荒れるといえばと、大鍋《おおなべ》をかきまぜながら、こまきは言葉を続けた。

「姫様《ひめさま》も、昔はよくひどい癇癪《かんしゃく》を起こしていたね。これまでに何人もあの離《はな》れに入っていったけど、みんな、ほうほうのていで飛びだしてきたものさ。なかには血まみれになった人もいてね」

物騒《ぶっそう》な言葉に、千代《ちよ》はぎょっとなった。

「血まみれって……姫様が怪我《けが》させたんですか？」

「ほかにだれがそんなことをやるっていうのさ？　ああ、そうだよ。姫様がやったんだ。あんたはうまく姫様に気に入られたようだね。じゃなきゃ、とっくの昔に大怪我して、お役目ごめんになっていただろうさ」

千代の頭に、あぐりこが怒《いか》ったときの姿が浮《う》かんだ。燃えひろがる髪《かみ》。血の色に煮《に》えた眼《め》。全身からほとばしる怒り。ああ、あのあぐりこなら、人を襲《おそ》って傷つけたとしても、不思議ではない。

身震《みぶる》いしている千代に、こまきは苦笑まじりに言った。

「お館様《やかたさま》も、実《じつ》の妹ってことで大切にしているんだろうけど。相手をさせられるほうはたまったもんじゃないよね。大人の姿をした赤《あか》ん坊《ぼう》のようなもんなんだろ？　あんたは姫様に気に入られているようだけど、それでもお世話は大変だろう？」

「え、ええ。まあ」

「つらいことがあったら、なんでも言いなよ。ここの家の使用人は、みんなあんたの味方さ。かわいそうに。ここに来て早々、姫様《ひめさま》のお世話を命じられるなんてね。あんたみたいな子どもにお世話させるなんて、お館様《やかたさま》も何を考えているのか、まるで見当……」

「ちょっと！　たけのこはまだなの！」

突然《とつぜん》の金切り声に、千代《ちよ》とこまきは飛びあがった。

ふり返れば、すぐ後ろに一人の女が立っていた。二十代半ばくらいの痩《や》せた女で、腹だけがこぶのようにふくれている。

『この人……身ごもっているんだ』

千代は注意深く女を見つめた。

女は、贅沢《ぜいたく》な身なりをしていた。小袖《こそで》は春にふさわしく、萌黄色《もえぎいろ》の地に桜《さくら》ふぶき。帯は、若竹色の地に金銀の亀甲《きっこう》という派手なもの。顔にも化粧《けしょう》をほどこしている。

それでも、女は少しも美しく見えなかった。げっそりとこけた頬《ほほ》に、つやのない髪《かみ》。目をつりあげているせいで、やつれた顔がよけいにゆがんでいる。真《ま》っ赤《か》にぬった唇《くちびる》は、血をすったみたいに恐《おそ》ろしい。千代には、女が鬼《おに》のように見えた。

「わ、わかさ様」

こまきがあわてて頭をさげた。呆然《ぼうぜん》としていた千代《ちよ》も、それにならった。

身重の女は鍋《なべ》を見るなり、ふたたびつんざくように叫《さけ》んだ。

「まさか、まだできていないの？　煮《に》ておけって言っておいたでしょ？　何をぐずぐずしているの！」

「申し訳ありません。今日のたけのこは少し硬《かた》くて。も、もうすぐやわらかく煮えますから」

「そんな言い訳でごまかされると思っているの？　わかってるのよ！　無駄話《むだばなし》をしてて、煮るのが遅《おく》れたのでしょう！　私の腹には、この家の跡継《あとつ》ぎがいるのよ！　その跡継ぎが、たけのこをほしがってるの！　なんで、さっさと言われたことができないのよ！　おまけに言い訳するなんて……いったい、何様のつもりなの！」

女の声はどんどん甲高《かんだか》くなっていき、こまきはもちろんのこと、千代も怖《こわ》くなってきた。

それに、つめよってくる女からは、変な臭《にお》いがした。どくだみとのびるを混ぜたような、平《へい》八郎《はちろう》や幽斎《ゆうさい》がいつも身にまとっているのと同じ臭いだ。

この人も阿豪《あごう》一族なんだろうか？　阿豪一族は、みんなこの臭いがするんだろうか？

千代がそんなことをちらりと思ったときだ。小柄《こがら》な老人がせかせかと走ってきた。

「ああ、ここにおいででしたか、わかさ様。さがしましたぞ。いったい、どうしたんですかな？」

老人を見るなり、わかさと呼ばれた女の顔が少し和《やわ》らいだ。

「先生、聞いてくださいな。いつまでたってもたけのこが運ばれてこないから、見にきたんです。先生もおっしゃっていたでしょう？　たけのこは腹の子にとてもいいって。それなのに、この下女ときたら。ぐずぐずしてて、ほんと憎《にく》たらしいったらないわ！」

「まあまあ。もうそのくらいでいいではありませんか」

「だって！」

「落ち着いて。あまり怒《ど》鳴《な》っては、お体にさわりますするぞ」

とたん、女の顔におびえが走った。さっと、ふくれた腹を手でなでる。

「ああ、どうしよう！　ついかっとなってしまって。ああ、怒鳴ってしまったけど、この子、だ、大丈夫《だいじょうぶ》かしら？」

「大丈夫ですよ」

「本当に？　本当に大丈夫？」

「ええ。このくらいで悪いことが起きるはずがありません。ですが、もう奥《おく》へもどりましょう。

そろそろ薬の時間ですからな。さ、ほら、つかまって」

医者にささえられながら、女は別人のようにおとなしく去っていった。

女の姿が見えなくなると、こまきは額《ひたい》をぬぐった。

「やれやれ。油断したよ。まさか、ここにおいでになるとは思わなかったから。おまけにご機《き》嫌《げん》の悪いこった。こりゃ、急いでたけのこを仕上げないと、まずいね」

かまどにそだを放りこみ始めたこまきに、千代《ちよ》はたずねた。

「あれはだれですか?」

「だれって、わかさ様だよ。陽一郎《よういちろう》様の奥様《おくさま》さ。知らなかったのかい?」

「知りませんでした。あの……陽一郎様って?」

「はあっ?　まさか、それも知らないっていうのかい?」

こまきは目をむいた。

「お館様《やかたさま》のご長男だよ。平八郎《へいはちろう》様の兄上様さ。陽一郎様はご病気で、もうずいぶん長い間ふせっておいでですね。でも、最近はかなりよくなってきているんだよ。……ほんとに知らなかったのかい?」

「はい」

「ふうん。まあ、無理もないかもしれないね。おまえはここに来てからまだ間もないし、部屋も別だから、あたしらと過ごす時間もないしね。それに、わかさ様にしても、おなかに子ができてからは、ずっと奥《おく》に引きこもっていたからね」

「……わかさ様、どこか具合でも悪いんですか？　すごく痩《や》せていたけど」

「別に病気ってわけじゃないよ。ただね、前の赤《あか》ん坊《ぼう》が、ちょうど今くらいの時期に流れちまったからね。今度もそうなってしまうんじゃないかと、びくびくしておいでなのさ」

「赤ん坊が、流れた……」

ずきりと、胸が痛んだ。

千代《ちよ》の母も、赤子を無事に産むことができなかった。しかも、流産したあと、日に日に体が弱っていった。結局、赤子のあとを追うように、ひっそりとこの世を去ったのだ。

母の顔がわかさの顔と重なり、千代はわかさを気の毒に思った。

「おかわいそうですね」

「なに。はっきり言っちゃ、いつものことだよ」

「えっ？」

「この家じゃ、子どもが流れるのはめずらしくもないことなのさ。ここ十数年、まともに赤《あか》ん坊《ぼう》が生まれたためしがないんだよ。平八郎《へいはちろう》様のあとは、ぱったりだめでね」

そういえば、この屋敷《やしき》には子どももがいない。

そのことに、千代《ちよ》ははじめて気づかされた。本当なら幽斎《ゆうさい》の孫やらなんやらが、わんさといてもいいはずなのに。

こまきも、不思議でしょうがないという顔をしていた。

「まったく、おかしなことだよねえ。阿豪《あごう》の奥方《おくがた》たちはだれよりもいいものを食べて、医師や薬もそろっているのに。どういうわけか、もうすぐ生まれるってときに流れちまう。わかさ様だって、もう二度も流産してるんだ」

ふいに、こまきは声をひそめた。

「大きな声じゃ言えないけど、この家は何かに祟《たた》られているって、もっぱらの噂《うわさ》だよ。そうでなければ、こんな恐《おそ》ろしいことがしょっちゅう起こったりするもんか。ああ、あたしも感じるよ。ここには何かがいるよ。阿豪の方々を憎《にく》む何かがね」

そうささやかれたとたん、千代はひどい寒気に襲《おそ》われた。あることに思いいたったのだ。

千代は台所を飛びだした。後ろでこまきが何か叫《さけ》んでいたが、もはや耳に入らなかった。

六　過去と希望

転がるように飛びこんできた千代《ちよ》に、あぐりこは目を見張った。

「どうした、千代？　何かあったのか？」

「あ、あ、あなたが、やっているんですか？」

「何を？」

「赤《あか》ん坊《ぼう》です。あ、阿豪《あごう》の赤ん坊が生まれないのは、あなたのせいなんですか？」

あぐりこの顔から、表情という表情が消《き》え失《う》せた。そのまましばらく黙《だま》っていたが、やがて上目遣《うわめづか》いに千代を見た。気味の悪い目つきだった。

「そう思うか、千代？」

氷のように冷ややかな声音だった。同時に、あぐりこがまとっている空気も、みるみる凍《こご》えていった。まるで、霜《しも》がおりていくように。

しかし、千代はひるまなかった。これだけはきちんと答えを聞きたかった。どうしても知りたかったのだ。

「……だって、あなたは……あなたは阿豪《あごう》を憎《にく》んでいるから」

二人は長い間、にらみあった。あぐりこの目は刃《やいば》のように鋭《するど》かったが、千代《ちよ》は一歩も引かなかった。

ふいに、ふっと、あぐりこが目を伏《ふ》せた。それとともに、張りつめた冷ややかなものが溶《と》けた。

まだ息を殺している千代に、あぐりこは静かに言った。

「そうだ。わしが仕向けていることだ。いや、仕向けていたというべきだね。今はそんなことはしていないから」

だが、千代はもはや聞いていなかった。

そうだと、あぐりこがうなずいたときから、千代の体からは血の気が引いていた。

裏切られた。あぐりこは邪悪《じゃあく》なものだったのだ。

赤子を生まれさせないなんて、許せなかった。千代の母は、産みたくても産めなかったのに。

白くなるほどこぶしを握《にぎ》りしめ、千代はあぐりこをにらみつけた。

千代の憎しみのこもった目に、あぐりこは胸を突《つ》かれたようだった。さびしげな顔で千代を見返したあと、あぐりこは深い息をついた。

「……どうやら、すべてを話さなくてはならないようだね」

あぐりこはゆっくりと話しだした。

「もう知っているだろうが、わしは人ではない。こんな見た目をしているが、すでに歳《とし》は百五十を越《こ》している。……わしは阿久利森《あぐりもり》に生まれた狐霊《これい》。阿久利森の土地と木を守る狐童《こどう》なのだ」

おごそかな名乗りを聞いても、千代《ちよ》はおどろかなかった。あぐりこが人ではないことは、ずっと前からわかっていたからだ。

しかし、森の名前には少し引っかかった。

「阿久利森……あなたの名前と似ていますね」

「似ているのは当然だ。森の名が阿久利なので、わしの呼び名もあぐりこなのだよ」

「え？」

「そなたも阿豪《あごう》も、あぐりこというのがわしの名前だと思っているようだが、それはちがう。阿久利森の狐霊だから、あぐりこと名乗っているのだよ。阿久利森の子、あぐりこと」

では、これまで呼んできた名は、本当の名ではなかったということか。

千代《ちよ》は不思議な気持ちになって、あぐりこを見つめなおした。

「じゃあ、あなたのほんとの名前は？　なんていうんですか？」

「それは言えない」

「言えない？」

「狐霊《これい》にとって、名とは自分そのものであり、また枷《かせ》でもある。相手に魂《たましい》を売ってもよいという覚悟《かくご》がなくては、真の名を名乗ることはできないのだ。下手をしたら、永遠に縛《しば》りつけられ、もとのすみかにもどれなくなってしまうかもしれないからね」

阿豪《あごう》はそのことを知らないがねと、あぐりこは口をゆがめた。

「もし知っていたら、なにがなんでも、わしの名を手に入れようとするだろう。わしを完全に捕《と》らえるために。やつらはいつだって、わしを恐《おそ》れているのだよ……ふん。馬鹿《ばか》なことだ。捕らえられたときから、わしは手も足も出ぬというのに！」

かちりと、あぐりこは悔《くや》しげに歯を噛《か》みあわせた。できることなら、阿豪一族ののどに噛みついてやりたい。その音には、そんな思いがこもっていた。

ぞっとしながらも、千代はさらにたずねた。

「……どうして、あなたは阿豪につかまったんですか？」

あぐりこの顔が苦々しげにゆがんだ。

「すべては百年ほど前から始まった。……百年前、わしは阿豪《あごう》の家を助けようとしたのだ。千《ち》代《よ》、そのころの阿豪はただの小百姓《こびゃくしょう》で、とても貧しかったのだよ」

千代はおどろいた。貧しい阿豪など、想像できなかったのだ。

「ほ、本当ですか？」

「信じられないのも無理はない。だが、まことのことだ。かつての阿豪は貧しかったのだよ。それこそ食うや食わずの暮らしで……しかも子だくさんだった。苦しい暮らしだったから、子どもたちもよく働いていたよ。年長の子は大人に交じって野良《のら》仕事をし、幼い子どもらは森に入って、食べられるものをさがした。ときには、阿久利森《あぐりもり》近くまでやってくることもあった。けなげであったよ。本当に」

あぐりこは、そんな子どもたちをこっそりと見守るようになった。とくに、いちばん小さな男の子が気になった。まだ本当に幼いのに、必死でやぶの中にもぐりこんで、山菜やきのこをさがす姿に、心を打たれたのだ。

あぐりこは、その男の子のあとをついてまわり、森の獣《けもの》が男の子を襲《おそ》わないように守ってやった。

そしてある日、ついにあぐりこは男の子の前に出ていった。足を怪我《けが》したその子をおぶって、家まで送ってやったのだ。

数日後、その子はまた阿久利森《あぐりもり》近くにやってきた。しかも、今度はあぐりこをさがしにやってきたのだ。うれしくなったあぐりこは、その子の前に姿をあらわし、二人で遊び、その子が帰るときには山菜をどっさり持たせてやった。

そうして、あぐりこと男の子の、秘密のつき合いが始まったのだ。だが、幼い子どもはいつまでも秘密を守ってはいられなかった。

ある日、男の子は草餅《くさもち》を持って、あぐりこのもとにやってきた。

「これ、おっかあが持たせてくれた。あぐりこ様に食べていただきてえって。いつもいろいろなものをいただいてるから、そのお礼だって」

欠けた土焼きの皿にのせられていたのは、たった一つの草餅。貧しい一家が懸命《けんめい》にこしらえてくれたものだった。

それを、あぐりこはありがたくいただいた。これほどおいしいものを食べたことはないと思った。人間の心遣《こころづか》いがうれしくてうれしくて、あぐりこは彼《かれ》らのためにできるだけのことをしてやりたいと思ったのだ。

こうして、一家とあぐりこの絆《きずな》は強まっていった。

彼《かれ》らが森に入ってきたときは、あぐりこは森の恵《めぐ》みを惜《お》しみなく渡《わた》した。ときには、あぐりこが彼らのもとへ行くこともあった。田植えや稲刈《いねか》りを手伝うためだ。田植えの手助けは、とくに喜ばれた。あぐりこが植えた苗《なえ》は、虫や病気にやられることなく、他の家の田よりも多い収穫《しゅうかく》をもたらしてくれたからだ。

あぐりこの力によって、一家は少しずつ暮らし向きがよくなっていった。

「一家は、わしを神のようにあがめてくれた。わしもそんな彼らが愛《いと》おしかった。今のわしと阿豪《あごう》とのつながりを思えば、あのころのことがまるで夢幻《ゆめまぼろし》のように思えるよ……」

あぐりこと一家のつき合いは十年にもおよび、あぐりこは彼らをますます大事に想《おも》っていった。だが、十年の間に、人間たちの気持ちは少しずつ変わりはじめていたのだ。

豊かになるにつれて、一家の心には、薄暗い陰《かげ》が渦巻《うずま》くようになった。それは、ふたたび貧しくなることへの恐《おそ》れだった。

自分たちが豊かに暮らしつづけるためには、あぐりこが絶対に必要だ。だが、あぐりこは人ではない。いつか自分たちを見捨てるかもしれない。なんとかして、あぐりこを引きとめられないだろうか。そう。永遠に自分たちに縛《しば》りつけることはできないだろうか。

そんな考えにとりつかれていったのだ。

そして……。

稲刈《いねか》りも終わった、秋の夜のこと。一家はあぐりこを宴《うたげ》に招《まね》いた。豊作をもたらしてくれた礼だと言って。

あぐりこは喜んでもてなしを受けた。すすめられるままにごちそうを食べ、酒を飲み、歌や踊《おど》りを楽しんだ。

そうしてくつろいでいたときだ。一家の長《おさ》があぐりこに贈《おく》り物《もの》を渡《わた》したいと言った。おどろかせたいから、目を閉じてほしいと。

あぐりこは言われるままに、目を閉じた。そして、何かを首にかけられたのだ。

その瞬間《しゅんかん》、あぐりこは恐《おそ》ろしい力でねじふせられた。ぎゅっと体が内からしぼられ、はじけとぶような痛み。そのあまりの衝撃《しょうげき》に気を失い、次に目を覚ましたときには、封印《ふういん》の首輪をはめられ、結界に閉じこめられていた。

こうして、あぐりこは捕《と》らえられたのだ。

苦々しい顔で、あぐりこは話しつづけた。

「わしを捕らえたあと、やつらはわしを連れて、この土地へと移った。阿久利森《あぐりもり》から、わしを引きはなしたのだ。そのほうが、わしを思いのままにできるからね」

そして、彼《かれ》らは恐《おそ》ろしい勢いで栄えていった。あぐりこの力は、あぐりこの意思に関わりなく、幸運をよびよせてしまうものであったからだ。田畑の豊かな収穫《しゅうかく》と、立てつづけに起こる幸運が、彼らを大きくしていった。運は財となり、財はまた財をよび……。

ついには、この辺り一帯を治める豪族《ごうぞく》にまでなりあがったのだ。

「この山に屋敷《やしき》を築いたとき、彼らは阿豪《あごう》と名乗るようになった。これはただの名ではないよ、千代《ちよ》。阿豪の阿とはあぐりこ、つまりわしを意味し、豪とは力で押《お》さえこむことを意味する。わかるね、千代？　あぐりこを支配する者という名を、やつらは自らにつけたのだ！」

それが阿豪一族の誕生《たんじょう》だった。

と、あぐりこの怒《いか》りに満ちた顔が、ふいに悲しげなものとなった。

「……なかには、こんなことはやめるべきだと、言ってくれた者たちもいた。こんなことはまちがっている。あぐりこを自由にし、今後は自分たちの力だけで、家を大きくしていくべきだと。……だが、阿豪はそういう者たちをつぶした。容赦《ようしゃ》なくね」

最初にやられたのは、あぐりこが最初に出会った、あの男の子だった。

「あの子は宗助《そうすけ》といって、すでに立派な若者となっていた。わしは宗助がいちばん好きだった。

素直《すなお》な心の持ち主でね……わしが捕《と》らえられたとき、宗助《そうすけ》は何をするんだと叫《さけ》んでいた。計画を知らされていなかったのだろう。閉じこめられたわしに、泣いてわびてくれたよ。必ず逃《に》がすから、待っててくれとも言ってくれた」

だが、その約束は果たされなかった。ある日を境に、宗助はあぐりこのもとにやってこなくなったのだ。

あぐりこははらはらしながら宗助を待った。待って待って、待ちつづけて……。

何年も待った末、あぐりこは宗助が死んだことを知った。酒を運んできた阿豪家《あごうけ》の女が、うっかり口をすべらせたのだ。

「女の言葉、声から、すぐにわかったよ。宗助はただ死んだのではない。一族に殺されたのだと。わしを逃がそうとした裏切り者を、阿豪は許さなかったのだ」

ぎらぎらと、あぐりこの目がふたたび燃えだした。

「そのとき、わしは本当に怒《いか》ったのだ。よい思い出はすべて消えて、心の底から阿豪を憎《にく》んだ。もう阿豪の思い通りになどなるものか。閉じこめられていても、できることはある。どんなに強い結界も、わしの怒りまで封《ふう》じることはできないからね」

結界の中で、あぐりこはひたすら怒りと憎しみをはき出しつづけた。怒りは邪気《じゃき》となり、憎しみは毒となった。それらは空気にとけこみ、阿豪《あごう》一族を少しずつ毒していったのだ。

あぐりこのねらい通り、阿豪一族の数は徐々《じょじょ》に減っていった。病弱な者が増えただけではない。子どもも年々生まれにくくなった。じわじわと、あぐりこは阿豪の首をしめていったのだ。

自分たちの血筋が絶えかけていることに気づき、阿豪一族はあわててあぐりこの怒《いか》りを和《やわ》らげようとした。しかし、さまざまな捧《ささ》げ物《もの》に、あぐりこは目もくれなかった。ほしいものはただ一つ、自由だけだったからだ。

「いくら財を蓄《たくわ》えても、子どもが生まれなければ、家は滅《ほろ》びる。豊かな富も、健《すこ》やかな日々を送れなければ意味がない。そのことに阿豪が気づけば、わしを自由にしてくれるかもしれない。わしは望みをかけ、阿豪への憎《にく》しみをはき出しつづけた。……そなたが来るまではね」

「えっ？」

驚《おどろ》く千代《ちよ》を、あぐりこはまっすぐと見た。その目にはもう怒りはなく、悲しげな気配だけが漂《ただよ》っていた。

「わしの世話をするそなたは、わしの毒気にいちばんあたりやすい。そなたを死なせたくなかった。だから自分をおさえることにしたのだよ。清めの酒も飲むようにした。そなたが来たばかりのころは、ここに長居をさせなかっただろう？　あれもそなたのためだよ。ここにたまりこんだ邪気《じゃき》を長く吸わせては、体に悪いからね」

だから最初のころは半刻《はんとき》ほどで、「もうおもどり」と言ってくれていたのかと、千代《ちよ》は納得した。

そういえば、いつごろからだろう。ここに入っても、息苦しさを感じなくなったのは？　黒い霧《きり》のようだったよどみが消えたのは？

すべては、あぐりこが千代のために怒《いか》りをおさえたせいだったのだ。

ここで、千代は恐《おそ》ろしいことに気づいた。

真《ま》っ青《さお》になって、千代はあぐりこを見た。あぐりこはうなずいた。

「そうだ、千代。そのために、そなたは買われてきたのだ。わしの怒りを和《やわ》らげるためだけに。そして、それは成功した。……陽一郎《よういちろう》の子も、今度は無事に生まれるだろう」

淡々《たんたん》とつぶやくあぐりこを、千代はまじまじと見つめた。

「阿豪《あごう》の人たちのたくらみだってわかっていたのに、それなのにあたしを、お、おそばにおいてくれていたんですか？」

「そなたに罪《つみ》はないもの。それに、邪気をまきちらすのをやめたのは、そなたのためだけではないよ。わしはつくづく阿豪に愛想《あいそ》がつきたのだ。何十年経《た》とうと、少しも変わろうとしない一族だ。もう何をしても無駄《むだ》だろう」

あきらめたように言ったあと、あぐりこは千代《ちよ》ににこりと笑いかけた。

「だが、彼《かれ》らには一つだけ感謝している。そなたをよこしてくれたからね。このことだけは感謝せねばなるまいよ」

「で、でも、あたしは阿豪《あごう》の手先だったんですよ？」

吐《は》きそうな顔をしている少女に、あぐりこは微笑《ほほえ》んだ。

「だが、そなたはそのことを知らなかったのだろう？」

「も、もちろんです！」

「そうだろうとも。もしそうであれば、わしはすぐに気づいたはずだ。はじめてそなたがここへ来たとき、わしはおやっと思ったよ。そなたは、これまでに結界の中に入ってきた、どの人間ともちがっていたからね」

あぐりこをしずめれば、褒美《ほうび》をもらえる。

荒《あら》ぶる化け物を服従させてやる。

それまでに送りこまれてきたのは、そういう祈祷師《きとうし》や呪術師《じゅじゅつし》ばかりだった。彼らが結界の中に入ってくるたびに、あぐりこは追《お》い払《はら》った。自分の身を守るために、戦ったのだ。

だが、千代《ちよ》はちがった。おびえながらやってきた少女は、あぐりこを見るなり、びっくりしたような顔をした。その目には悪意も欲もなく、清水のように澄《す》んでいた。

「あのとき、わしは思ったのだ。この子は信用できるのではないかと。……そなたのような人間もいるのだとわかって、救われたよ。おかげで、人間も捨てたものではないと、思えるようになったもの」

あぐりこの声は穏《おだ》やかだったが、それが千代にはつらかった。腹黒い阿豪家《あごうけ》の手伝いを、自分がしていたなんて、胸がつぶれる思いだ。

あぐりこに自由を返してあげたい！　こんなことはもうたくさんだ！

焼けつくような思いにかられ、千代は叫《さけ》んだ。

「あぐりこ様、あなたをここから出す方法はないんですか？」

「無理だ。ほら、これをごらん」

あぐりこは、自分の細いのどに食いこんでいる鉄輪を指さした。

「この首輪をしているかぎり、あの注連縄《しめなわ》の外には出られない。たとえ、扉《とびら》がすべて開け放たれていたとしても、あの黒い注連縄の外に出ることはできない。そういう術がかけられているのだ。そして、わしはこの首輪にふれることさえできないときている」

「じゃあ、あたしが取ってあげます！」

千代《ちよ》は手を伸《の》ばして、あぐりこの首輪をつかもうとした。ところがだ。千代の指は、するっと、首輪を通りぬけてしまった。

何度やっても同じだった。首輪にふれるどころか、その感触《かんしょく》すら感じることはできなかった。

「ど、どうして？」

「これは幻《まぼろし》のようなものなのだよ。見えていても、まことのものではない。この鉄の輪は、本当はこの首にではなく、わしの心の臓《しんぞう》に食いこんでいるのだ。わしが結界を出ようとすれば、すぐにも心の臓をしめつけてくる」

「……それなら、あの注連縄《しめなわ》は？　あれを取りはずしてしまえば、外に出られるかも！」

あぐりこはかぶりを振《ふ》った。

「あれも、この首輪と同じものだ。そなたの力では決してはずれぬよ。それに、あれにはさわらないほうがいい。あれは、戦《いくさ》で殺された女たちの髪《かみ》で作られたものだ。女たちの恨《うら》みが渦巻《うずま》いている、穢《けが》れた代物《しろもの》だからね」

できることはないのだと、あぐりこのまなざしが遠くなった。

「貧しい一家を助けたことを、悔《く》いてはいないよ。わしはよいことをしようとしたのだもの。

……このままここで朽《く》ちるしかないとしても、それがわしのさだめなのかもしれない」

千代《ちよ》はもう涙《なみだ》をこらえきれなかった。

「ご、ご、ごめん、なさい。ごめんな、さ、さい」

ぼろぼろ泣きながら、千代はあやまった。あぐりこをなじったことが、はずかしかった。あぐりこが怒《おこ》るのは当然のことなのに。それを責めるなんて、なんて馬鹿《ばか》なことをしてしまったんだろう。

あぐりこは、そんな千代の頭をなでながら言った。

「泣かないでおくれ、千代。そなたに泣かれると、つらくなる。そなたのせいではない。そなたのせいではないのだから」

あぐりこのやさしさが、千代にはいっそうつらかった。

こんなにひどい目にあっているのに、あなたはなぜそんなにやさしくなれるんですか？　どうして、あたしなんかにやさしくできるんですか？

千代が泣きやまないので、あぐりこは困った顔をした。

「頼《たの》むから泣きやんでおくれ。わしのために泣いてほしくない」

「だ、だって、だって……こ、こんなの、ひどすぎます。このままずっと閉じこめられたままなんて。し、死なないかぎり、外へは出られないなんて！　こんな、こんなのひどい！」

ぴたりと、あぐりこは千代《ちよ》の肩《かた》をなでる手を止めた。その目がまじまじと開かれたかと思うと、火花のような光が瞳《ひとみ》の奥《おく》で散った。

あぐりこはぎゅっと千代の手を握《にぎ》りしめた。

「千代！　そなたは本当にすばらしい子だ！」

「えっ？」

「ああ、恩《おん》にきるよ！　そなたはわしにあることを教えてくれたのだ。うん。そうとも。その手があった。千代、うまくすれば、わしはここから出られるかもしれない」

「本当ですか！　でも、どうやって？」

「ここでは話せない。壁《かべ》に耳ありというからね。だが、ちゃんと話すとも。千代、今夜は寝《ね》る前に、これを枕《まくら》の下に入れておくれ」

あぐりこはそう言って、自分の狐色《きつねいろ》の髪《かみ》を一筋抜《ぬ》いて、千代に渡《わた》した。

「これを枕の下にですか？　でも、どうして？」

「それはあとで話してあげる。今日はもうおもどり。今夜は早めに床《とこ》に入るのだよ。いいね」

あぐりこの目はいたずらっぽく輝《かがや》いていた。

＊

その夜、千代《ちよ》は言われたとおり、あぐりこの髪《かみ》を枕《まくら》の下に置き、早めに床《とこ》についた。すぐ眠《ねむ》りに落ちた。

夢の中で、千代は白い霧《きり》の中にいた。目をこらしても、見えるものは霧だけだ。途方《とほう》にくれて立っていると、後ろから声をかけられた。

「千代」

ふり向けば、あぐりこが立っていた。

「あぐりこ様……」

「そう。わしだよ」

そう笑うあぐりこの声も姿も、夢とは思えないくらいはっきりとしていた。ふいに千代は悟《さと》った。

「これ、ただの夢じゃないんですね？」

「そうだ。そなたの夢の中に入らせてもらったのだ。術を使って、魂《たましい》を飛ばしたのだよ。結界に閉じこめられていても、そのくらいはできるからね。こっそり話をするには、この手がいちばん。いくら阿豪《あごう》でも、ここまでは盗《ぬす》み聞《ぎ》きにこられないもの」

あぐりこは千代《ちよ》の手を取り、よく聞いてほしいと言った。しかし、そのまなざしにも口調にも、どこかためらいがにじんでいた。

「そなたはわしのために泣いてくれた……その涙《なみだ》をみこんで頼《たの》みがある。千代、わしを助けてはくれぬか？　わしを自由にする手助けをしてくれぬか？　……もちろん、これは危険なことだ。阿豪に知れたら、どんな目にあわされるか」

下手をすれば命はないだろうと、あぐりこは苦しそうにつぶやいた。

「本当なら、そなたを危険な目になど、あわせたくはない。だが、そなたにしか頼めぬのだ、千代。やってくれぬか？」

「はい」

千代はうなずいた。毛ほども迷わなかった。あぐりこを自由の身にできるなら、何をしても惜《お》しくはないと思ったのだ。

その思いが顔に表れていたのだろう。あぐりこの目が潤《うる》んだ。

「ありがとう。本当に……感謝する」

「でも、どうすればいいんですか？　あたしは、あなたの首輪にも、あの注連縄《しめなわ》にもさわれない。どうしたら、あなたを結界の外に出すことができるんですか？」

千代《ちよ》の問いに、あぐりこは自分の胸をさした。

「あの封印《ふういん》はわしが死ねば、つまりこの心《しん》の臓《ぞう》が止まれば、消えることになっている。だから、それを逆手《さかて》にとろうと思うのだ。千代、わしは一度死のうと思う。いや、最後まで聞いておくれ。一時だけ、心の臓を止める方法があるのだよ。これをごらん」

あぐりこが広げた手の中に、ふいに草があらわれた。シダのような葉をしげらせた黒っぽい草で、百合根《ゆりね》によく似た丸い根がついている。

「これは狐《きつね》ころりとよばれる草の根で、狐族にとっては猛毒《もうどく》だ。もちろん、この汁《しる》をそのまま飲めば、すぐにわしは死んでしまうだろう。だが、これに八つの薬草を加えれば、毒を和《やわ》らげることができるのだ」

今度は八つの草花が、あぐりこの手の中にあらわれた。ほとんどは千代が知っている、野山にならどこでもはえている草だった。

「こんなもので……ほんとに毒が和らぐんですか？」

「ああ。これらを混ぜこんだ狐ころりを飲めば、命を消すことなく心の臓だけを止めることができるのだ。わしの体は、ふつうの生き物のものとはかなりちがう。毒で心《しん》の臓《ぞう》が止まっても、毒消しを飲ませてもらえれば、ふたたび息を吹《ふ》き返《かえ》せる。それでも、丸一日が限度だがね」

「……つまり、毒を飲んでから丸一日が過ぎてしまったら、毒消しを飲んでも助からないってことですか?」

「そうだ。だが、一日あれば十分だ。その一日の間に、そなたがわしを結界の外に運びだし、毒消しを飲ませてくれればいい。あの結界は、生きたあぐりこを閉じこめるために作られたもの。むくろとなったあぐりこなら、きっと外に出してくれよう。ほら、これが毒消し用の薬草だ」

さらに、あぐりこは十あまりの薬草を取りだし、千代《ちよ》に見せた。千代はそれらの葉の形、花の色などをしっかりと頭に刻《きざ》みつけた。もともと薬草にはくわしいほうなので、草木の特徴《とくちょう》を覚えるのはわけもないことだった。

「覚えたか?」

「はい。大丈夫《だいじょうぶ》です」

「では頼《たの》む。今見せた薬草は、すべて野山にあるはずだ。折をみてはさがしておくれ。でも、急がなくていいよ、千代。わしには時はうんざりするほどあるから。それよりも、まわりに気をつけて。決して怪《あや》しまれぬようにするのだよ」

気をつけてとくり返しながら、あぐりこの姿はかすれていった。

自分がふつうの眠《ねむ》りにもどるのを感じつつ、明日にでも野山に出かけようと、千代《ちよ》は思った。

あぐりこは急がなくていいと言っていたが、千代はできるだけ早く薬草を集めるつもりだった。

一刻も早く、あぐりこをあの闇《やみ》の中から出してやりたかったのだ。


翌日、屋敷《やしき》の外に出かけてもいいかと、千代は平八郎《へいはちろう》にたずねた。たちまち平八郎の顔に警《けい》戒《かい》が浮《う》かんだ。

「どこへ行くつもりだ?」

「あの、花を摘《つ》みに……」

「花だと?」

「は、はい。あの、あぐりこ様が野の花を見たいとおっしゃったんです。結界の中は暗くてさびしいから、少しでも明るくなるものがほしいって……」

平八郎の顔がわずかにくもった。

「暗くてさびしいか……いいだろう。この山のふもとに、野原があるのは知ってるな? そこに行ってこい」

「ありがとうございます」

礼を言いつつ、千代《ちよ》はどきりとしていた。平八郎《へいはちろう》の声に、あわれみがこもっていたからだ。

平八郎は、あぐりこのことを気の毒に思っている？　阿豪《あごう》の人間が？

まさかとも思ったが、ふいに、こまきの言葉を思い出した。子どものころの平八郎は、とてもやさしかったという。そのやさしさを、まだ失っていないということなのだろうか。

だが、我に返ったかのように、平八郎の顔つきがふたたび用心深くなった。

「だが、一人ではだめだ。だれか連れていけ。そうだな。甚平《じんべい》。おい、甚平」

ちょうどそばを通りかかった老下男に、平八郎は呼びかけた。

「へえ。若様。何か？」

「この娘《むすめ》についていってやれ。下の野原に、花を摘《つ》みに行きたいそうだ。ただし、半刻《はんとき》でもどって来い。いいな？」

「へえ、わかりました」

こうして下男の甚平とともに、千代は屋敷《やしき》近くの野原へと向かった。

野原は花であふれていた。緑の草地の上に、赤紫《あかむらさき》、白、薄紅《うすべに》、黄の花が、星のように散っている。まるで錦《にしき》が広げられているかのようだ。

だが、千代《ちよ》はその美しさもほとんど目に入らなかった。

花を摘《つ》むふりをしながら、千代は必死で目をこらし、あぐりこに教えられた草をさがした。

いくつかはすぐに見つかったが、見つからないものも、もちろんあった。

時はあっという間に過ぎ、「おおい、そろそろもどるぞぉ」と、甚平《じんぺい》が声をかけてきた。

適当に摘んだ野花の中に、見つけた薬草をまぎれこませ、千代は屋敷《やしき》へもどった。そのまますぐ、あぐりこに野花を届けた。

薬草さがしの口実《こうじつ》として摘んできた野花だったが、これが思いがけずあぐりこを喜ばせた。

あぐりこは、野花を大切そうに受けとった。花びらや葉の一枚一枚にそっとふれ、その匂《にお》いをかぎながら、つぶやくようにささやいた。

「……外の気配だ。ああ、本当に春なのだね。お日様の光を、大地の暖かい匂いを、この花たちから感じるよ」

しみじみとした声に、千代は思わず涙《なみだ》が出そうになった。

「じきに自分の目で、そういうものを見ることができますよ」

そう励《はげ》ますと、あぐりこはうなずいた。

「そうだね……それで、どうだった？　いくらか見つけられたか？」

「はい。三つ見つけました。毒消し用が二つと、毒に混ぜるのが一つ」

上出来だと、あぐりこは笑った。

「これ、どうしますか？」

「まずは干して、しっかりと乾《かわ》かさねばならないのだよ。しかし、ここには光はおろか、風さえ入ってこない。千代《ちよ》、そなたの部屋で干してもらえるか？」

「わかりました」

「頼《たの》む。くれぐれも見つからぬようにな」

「はい」

千代は懐《ふところ》にしっかりと草を隠《かく》し、離《はな》れを出た。

自分の部屋にもどる途中《とちゅう》、千代は平八郎《へいはちろう》に呼びとめられた。

「どうだった？　花は喜ばれたか？」

「は、はい。とても喜んでおいででした。あの、お日様の光や地面の匂《にお》いがすると言って、じっと見ておられました」

「そうか」

平八郎《へいはちろう》の顔が満足そうにゆるんだ。それを見て、千代《ちよ》は思いきって切りだした。

「あの、明日も摘《つ》んできてほしいと言われたんですが、いいですか？」

「ああ。甚平《じんべい》を連れていくなら、行ってもいいぞ。……できるだけ、たっぷり摘んできてやれ。日の光も大地も、お守り様はもう二度と見ることができないんだからな」

平八郎の声はやさしかった。

このとき、千代ははっきりと悟《さと》った。平八郎は、たしかにあぐりこのことをあわれんでいる。それでも、あぐりこを自由にしてやろうとは、決して思わないのだ。

『でも、あたしはちがう。あたしは必ず、あぐりこ様を外に出す。日の光や大地を、あぐりこ様に返してあげるんだ』

こみあげてくる怒《いか》りをおさえながら、千代は心の中でつぶやいた。

七　犬丸《いぬまる》

それから毎日、千代《ちよ》は花を摘《つ》みに出た。茂《しげ》みの陰《かげ》、背の高い草の中に、必要なものを見つけだす。おかげで、目は鷹《たか》のように鋭《するど》くなり、どんなささいなことも見逃《みのが》さないようになった。意外なことに、阿豪屋敷《あごうやしき》の庭にも、求める薬草がいくつかあった。目の前にあるものをわざわざ見過ごす手はない。

だれもいない真夜中などに、千代は庭に出て、必要な花をひとつかみ、むしりとったり、草の根を掘《ほ》りだしたりするようになった。

その夜も、千代は裏庭に忍《しの》びでた。

静まり返った暗闇《くらやみ》の中を、千代は忍び足で歩いていった。物音がすれば、すぐに立ち止まって、耳を澄《す》ませた。

だれかに見られたら、すべてが水の泡《あわ》になってしまう。見られてはならない。知られてはならない。影《かげ》のようになれ。だれの目にも映《うつ》らない影になれ。

千代《ちよ》は自分に言い聞かせ、慎重《しんちょう》に歩いた。

おかげで、目当ての場所にたどりついたときには、すっかり汗《あせ》をかいていた。

今夜のねらいは、裏庭の奥《おく》にはえている赤松の皮だった。千代はそっと木の背後にまわり、根元のほうの、人の目につかなそうな箇所《かしょ》の皮を小刀ではぎとろうとした。そのときだ。

「何をしている?」

押《お》し殺《ころ》した声に、千代は飛びあがった。ふり向けば、すぐ後ろに男が立って、じっとこちらを見ていた。

平八郎《へいはちろう》!

千代は心《しん》の臓《ぞう》が口から飛びだしそうになった。が、よく見るとちがった。男は平八郎よりもずっと小柄《こがら》だった。髪《かみ》はぼさぼさで、汚《よご》れた着物を身につけている。

千代はどきどきしている胸をおさえて、男を見つめ返した。歳《とし》は二十七、八歳《さい》に見えた。なんとなく見覚えはあるのだが、だれだったか思い出せない。

必死で思い出そうとしている千代に、男が体を近づけてきた。

「こんなところで、何をしている?」

うつろな低い声とともに、むっと獣臭《けものくさ》い臭《にお》いが漂《ただよ》ってきた。その臭いが、千代の記憶《きおく》を呼びさました。

「犬《いぬ》、丸《まる》さん……？」

そうだ。たしか、そう呼ばれていた。犬丸。千代《ちよ》がここに来た日に見かけた、この屋敷《やしき》の犬を世話している男だ。あれから何度か、廊下《ろうか》などですれちがった。そのたびに、ものすごい獣《けもの》臭《くさ》さがして、内心ぎょっとしたものだ。

下女頭《げじょがしら》のこまきによると、犬丸というのはあだ名らしい。犬の世話ばかりしているので、犬丸と呼ばれるようになったとか。九年ほど前に雇《やと》われたらしいが、こまきでさえ、犬丸の言葉らしい言葉を聞いたのは、一度か二度だけだという。

「あの男はほんと変わってんだよ。全然しゃべらないし、おまけに、犬小屋で寝起《ねお》きしてるんだから。人より犬のほうがずっと好きみたいだよ。きっと、あの男の心は犬なのさ。だから犬みたいに、主人に忠実《ちゅうじつ》にちがいないよ」

こまきはそう言っていた。

その犬丸に、見つかってしまうとは。

必死で言い訳を考えている千代に、犬丸はさらに近づいてきた。温かい息が千代にかかった。

「おい……」

「ご、ごめんなさい」

最初の一言が出ると、やっと舌が回りだした。

「あ、あたし、この赤松の木の皮がほ、ほしかったんです。皮を煎《せん》じたやつを飲むと、か、体にいいって、母さんが教えてくれたから」

「……なぜ、こんな夜中に？」

「お、お庭の木を傷つけたら、しかられると、お、思って……ご、ごめんなさい。もうしませんから。お願いだから、へ、平八郎《へいはちろう》様には……」

頼《たの》んでいるうちに涙《なみだ》があふれだしていた。

鼻をすすりあげる少女を、犬丸《いぬまる》はじっと見ていたが、ふいに顔をそむけた。

「部屋にもどったほうがいい。……その赤松の皮はやめておけ。そいつは芯《しん》のほうを虫にやられてしまっている」

「は、はい。ごめんなさい」

千代《ちよ》はほうほうのていで、犬丸の前から逃《に》げだした。一目散で自分の部屋にもどり、布団《ふとん》の中にもぐりこんだ。涙が止まらなかった。

犬丸はきっと、平八郎に告げ口するだろう。今にも平八郎が、ここに怒鳴《どな》りこんでくるかもしれない。もうだめだ。なにもかもおしまいだ。

声を殺して泣きつづけた。

そのうち疲《つか》れはて、千代《ちよ》はいつのまにか眠《ねむ》ってしまった。

ふと目を覚ますと、明け方になっていた。腫《は》れた目をこすりながら、千代は起きあがった。

そしてはっとした。布団《ふとん》から少しはなれたところに、木の皮が束になって置いてあったのだ。

震《ふる》える手で持ちあげると、新鮮《しんせん》な松の香《かお》りがした。

犬丸《いぬまる》だと、千代はすぐに悟《さと》った。犬丸がどこからかはいで、持ってきてくれたのだ。

「こんなにたくさん……」

いくらなんでも多すぎると思いつつ、千代は木の皮をそっと抱《だ》きしめた。

それから数日後、千代は廊下《ろうか》で犬丸とすれちがった。犬丸はまったく千代のほうを見なかった。話しかけるなと言われているような気がしたので、千代はありったけの気持ちをこめて、頭をさげた。

犬丸はこれも無視したが、千代は気にならなかった。犬丸の思いやりは、不思議と心に残ったのだ。

八　屋敷《やしき》の奥《おく》

千代《ちよ》が慎重《しんちょう》に、根気よく集めつづけたおかげで、初夏になるころには、薬草はあらかたそろっていた。が、狐《きつね》ころりがまだだった。目を皿のようにしてさがしているのだが、どうしても見つからないのだ。

「野原にはないかもしれない。あれは、森の木陰《こかげ》や湿気《しっけ》の多いところにはえるものだから」

あぐりこに教えられた千代は、甚平《じんべい》がうたた寝《ね》をしている隙《すき》をついては、野原近くの林にも何度も足を運んだ。

しかし、いくらさがしても、狐ころりは見つからなかった。

千代はだんだん焦《あせ》ってきた。必要なものが見つからないというのは、もどかしい。

『今日も見つからなかった……もっとさがす場所を広げないと、だめかな。でも、これ以上遠くまでさがしに行ったら、甚平さんにあやしまれてしまうだろうし……ああ、どうしたらいいんだろう？』

もんもんとしながら離《はな》れへ向かおうとしたときだ。ふいに呼びとめられた。

「おおい、そこの子。ちょっといいかね？」

見れば、庭先に初老の男が立ち、千代《ちよ》に手招《てまね》きをしていた。千代はその男に見覚えがあった。たしか、わかさのかかりつけの医師だ。

千代はすぐさまそちらに駆《か》け寄《よ》った。

「何かご用ですか？」

「うむ。ちょっと手伝ってほしいのだよ。この籠《かご》を運んでくれないか」

と、医師はそばに置いてある背負い籠を指さした。大きな籠には、さまざまな草がつめこまれていた。薬草だと、千代は気づいた。どれも摘《つ》んできたばかりのようで、土やつゆなどがふんだんについている。

急ぎの用はなかったので、千代は快く引き受けた。

「おやすいご用です。どこまで運べばいいですか？」

「奥座敷《おくざしき》にあるわしの部屋まで。少し腰《こし》を痛めてしまっていてね。歩くのはなんとか大丈夫《だいじょうぶ》だが、荷を持つとなると、どうにも無理で。このお屋敷《やしき》は人が大勢いるのに、こういうときにかぎって、だれにも出くわさないのだから、困ったものだ」

苦笑いする医師に笑い返しながら、千代《ちよ》は籠《かご》を背負った。なるほど、籠はかなり重い。

「持てるかね？」

「このくらいなら大丈夫《だいじょうぶ》です」

「そうか。見かけによらず力持ちなのだな。さ、こっちだ。ついてきておくれ」

「はい」

千代は医師のあとについて、歩きはじめた。

千代が奥《おく》のほうに入るのは、これがはじめてだった。廊下《ろうか》を進むにつれて、なんとも言えない息苦しさを感じるようになった。目に見えない暗闇《くらやみ》が深まってくるような感じだ。

気をまぎらわせたくて、千代は医師に話しかけた。

「ずいぶんとたくさんの薬草ですね。これ、全部お薬になるんですか？」

「ああ、そうだよ。その籠に入っているのは、ほとんどわかさ様用だ」

「……わかさ様のお体は、そんなに悪いんですか？」

おずおずとたずねる千代に、医師は笑った。

「そうじゃない。わかさ様は薬がお好きなのだ。薬を飲めば飲むほど、無事に子が産めると思っておられるらしくてな。まあ、気分をすっきりさせるくらいのものなら、身重の女人が飲んでも害はない。それで心が落ち着くなら、そのほうが体のためになるだろうさ」

言い訳じみた、どこかうんざりしているような声だった。どうやら、不安にかられているわかさにせっつかれて、薬を作っているようだ。わかさのかりかりした顔と声を思い出し、千代《ちよ》は医師を気の毒に思った。

この間も二人は歩きつづけていた。千代はあらためて阿豪屋敷《あごうやしき》の広さにおどろいた。いったい、どれほど大きいのだろう？　この廊下《ろうか》はどこまで続いているのだろう？　二度と外には出られないのではと、不安をおぼえるほどの広さだ。

と、あの臭《にお》いがし始めた。平八郎《へいはちろう》やわかさから漂《ただよ》っていた、目を刺《さ》すような臭い。それは進むにつれて、ぐんぐん強まってくる。

これはいったいなんなのだろうと、千代が思ったとき、廊下の先に注連縄《しめなわ》が張ってあるのが見えた。

あぐりこを閉じこめているのと同じような注連縄だった。ただし、こちらは五色の絹糸で編まれており、虹色《にじいろ》に輝《かがや》いている。それに、縄《なわ》の両端には、千代のこぶしよりも大きな金色の鈴《すず》が取りつけられていた。

千代はどきっとした。まさか、この奥《おく》にも何かが閉じこめられているのだろうか。

とまどっている千代《ちよ》を見て、医師が笑った。

「びっくりしたかい？　これはしるしだそうだよ」

「しるし？」

「そう。ここから奥《おく》は、阿豪《あごう》の方々のお住まいだというしるしだ。幽斎《ゆうさい》様はもちろん、幽斎様の従姉《いとこ》や伯母上《おばうえ》、大叔父上《おおおじうえ》なども、みんなこちらに住んでおられるんだよ」

「そ、そうなんですか……そういう方々がいらっしゃるって、知りませんでした」

「そうだろうねえ。なにしろ、病弱な方が多くて、この奥からほとんど出ないからね。元気に表に出ていかれるのは、幽斎様と平八郎《へいはちろう》様くらいなものさ。さ、ほら、行こうか」

医師はなんでもないように、注連縄《しめなわ》の下をくぐった。

千代もそのあとに続こうとした。だが、一歩踏《ふ》みこんだ次の瞬間《しゅんかん》、千代はものすごい力ではじきとばされた。

えっと思ったときには、床《ゆか》にたたきつけられていた。何かに殴《なぐ》りつけられたかのように、息ができなかった。頭を打ちつけたせいで、めまいがひどい。耳鳴りがして、目の前が見えなくなった。しばらく気を失っていたのかもしれない。

だが、じゃんじゃんというやかましい音に、千代はようやく我に返った。見れば、注連縄についた二つの鈴《すず》が、大きくゆれて鳴っていた。その音は、千代《ちよ》の体をずきずきと痛めつけた。

この鈴の音から逃《に》げなくては。

よろよろと起きあがろうとしたそのとき、千代は恐《おそ》ろしい力でおさえつけられた。

すさまじい形相をした阿豪幽斎《あごうゆうさい》がそこにいた。

「なぜ、おまえがここにいる!」

幽斎の押《お》し殺《ころ》した声に、千代は体中の血が凍《こお》りつくかと思った。

答えしだいでは殺される。

話さなければならないのに、声が出なくなった。口の中はからからで、声さえ干《ひ》からびてしまったかのようだ。

だが、千代の代わりに、医師が話してくれた。

「お館様《やかたさま》。この子は何も悪くないのですよ。わしがこの子に、部屋まで籠《かご》を運んでくれるようにと、頼《たの》んだものでして」

じろっと、幽斎は医師を見やった。

「それはまことか?」

「嘘《うそ》などついてどうしましょうか? そうしたら、いきなりこの子が倒《たお》れて、鈴が鳴りだしたのですよ。いったい、どうなっているのやら」

医師は、鳴りつづけている鈴《すず》を気味悪そうに見た。だが、幽斎《ゆうさい》がちっと舌を鳴らすと、鈴はぴたりと鳴りやんだ。

ぎょっとする医師に、幽斎はおどしつけるように言った。

「これからは、勝手に奥《おく》に人を連れこまぬようにしてもらおう。奥は我らの住まいだ。こちらに入ってもよいのは、我らと医師殿《いしどの》、それにわしが許しをあたえた数人の下人だけだ。それ以外の者に入られるのは、不愉快《ふゆかい》なのでな」

「しょ、承知いたしました」

「この籠《かご》は別の者に運ばせておく。それよりも、この娘《むすめ》に何か気つけの薬でも持ってきてやれ。まだふらふらしているようだからな」

「は、はい。ただいま」

医師が小走りで去ると、幽斎は一息つき、それから千代《ちよ》を見下ろした。

「もうここには近づくな。おまえにはお守り様の匂《にお》いがついている。この注連縄《しめなわ》はお守り様に関するものを、いっさい近づけぬ。いいな？　痛い目にあいたくなければ、ここには近づくな」

そう言い捨て、幽斎《ゆうさい》は注連縄《しめなわ》をくぐって向こう側に入っていった。その少し先の部屋からは、青白い顔がいくつものぞいていた。いずれも初老や中年の男女で、みんな顔が似ている。

千代《ちよ》ははっとした。阿豪《あごう》一族だ。

我慢《がまん》ならなくなったように、阿豪一族は幽斎に駆《か》け寄《よ》った。子犬のようにむらがってくる彼《かれ》らに、幽斎はなだめすかすように言った。

「なんでもなかった。安心して部屋にもどるがいい」

「し、しかし、幽斎殿《どの》。結界の鈴《すず》が鳴るなど、これまでになかったこと。これはやはり、あれの……」

「そ、そうですよ。あの娘《むすめ》は、お守り様の仲間なのでは？　だとしたら、今のうちに首をはねておかないと。結界にふれて弱っているようだし、やるなら今ですよ」

と、何人かが千代をにらんできた。憎《にく》しみのこもった目に、千代はぞっとした。

「落ち着けというのだ、従弟殿《いとこどの》よ」

幽斎はぴしりと言った。

「あの娘が結界に入れなかったのは、お守り様の世話役だからだ。毎日お守り様の世話をしているから、その匂《にお》いが体にしみついてしまっているのだろう。だから、はじかれた。それだけのことだ。もう一度言うぞ。あれはただの人間だ。卑《いや》しい小娘《こむすめ》にすぎんのだ」

だが、その言葉に満足できなかったのか、おびえきった様子の老婆《ろうば》が幽斎《ゆうさい》にすがりついた。

「本当に？　ほ、本当に大丈夫《だいじょうぶ》なのですね？」

「大丈夫ですよ、叔母上《おばうえ》。安心なさい。さあ、奥《おく》へ行きましょう。みなもだ。いつまでもこんな廊下《ろうか》にいては、また具合が悪くなってしまう」

幽斎に連れられて、阿豪《あごう》一族は部屋の奥に消えていった。

ふうっと、千代《ちよ》は息をついた。まだ体はあちこち痛むし、気分の悪さも治らない。額《ひたい》の脂《あぶら》汗《あせ》をぬぐいながら、千代は注連縄《しめなわ》を見た。

これは離《はな》れのものとはちがう。何かを閉じこめるのではなく、阿豪一族を守るための結界なのだ。

だが、強い結界に守られているのに、中にいる阿豪たちはみな、弱々しく、青白く、半分死んでいるようだった。まるで彼《かれ》らこそが閉じこめられているかのようだったと、千代はぶるりと身を震《ふる》わせた。

このとき、医師がもどってきた。

「おや？　お館様《やかたさま》は？」

「お、お部屋に、お、もどりに……」

「そうか。大丈夫《だいじょうぶ》だったかね？　そら、こいつをお飲み」

医師は持ってきた椀《わん》を、千代《ちよ》の口にあてがった。千代はおとなしく薬を飲んだ。恐《おそ》ろしく苦い薬だったが、飲むと気分がすっきりとしてきた。

「ありがとうございます」

「なんの。しかし、おどろいたね。おまえが倒《たお》れるなり、あの鈴《すず》が鳴りだして、おまけに、お館様《やかたさま》が奥《おく》から飛びだしてこられたんだから。まったく。この屋敷《やしき》はおかしなことが多い。あ、おまえはもうおもどり。この籠《かご》のことはもういいよ。あとでだれかが運んでくれるそうだから」

千代はその言葉に甘《あま》えさせてもらうことにした。礼を言って、立ち去りかけたときだ。また一段と、あの奇妙《きみょう》な臭《にお》いが強まりだしたのを感じた。

千代は思わず医師のほうをふり返った。

「先生。あの……この変な臭いはなんなんでしょうか？」

「ん、これかね？　阿豪《あごう》の方々が愛用されている魔除《まよ》けの薬香《やくこう》だよ。阿豪の方々はやたら臆《おく》病《びょう》なところがおありでね。悪いものを近づけないように、いつもこの香《こう》をたきしめておられるんだよ」

「ひどい臭《にお》いですね」

「ああ。この薬香《やくこう》は変わっていてね。狐《きつね》ころりという、ちょいとめずらしい草の根をすりおろして作るのだ。阿豪家《あごうけ》は、この辺り一帯の狐ころりを採りつくしてしまってね。今では、畑でこの草を育てているんだよ。ちなみに、香《こう》の調合をしているのは私さ。年がら年中、調合させられるので、いささかうんざりしているよ」

医師は冗談《じょうだん》めかして言ったが、千代《ちよ》のほうは顔色が変わっていた。

「狐、ころり?」

「ああ。聞いたことはないかね? たしか、今日採ってこさせた薬草の中にも、あったはずだ。見せてあげよう」

医師はあの背負い籠《かご》をがさごそとさぐり、やがて丸っこい草の根を一つ、取りだしてみせた。

「ほら、これだよ」

それはまぎれもなく狐ころりだった。小さなかけらがいくつも集まってできている根っこの形は、あぐりこが夢で見せてくれたとおりのものだ。思わぬ幸運に、千代の頬《ほほ》にさっと赤みがさした。

「ん？　どうかしたかね？」

「い、いいえ、別に。変わった形の根っこだなと思って。まるで百合根《ゆりね》みたいですね」

と、千代《ちよ》は身を乗りだした。そして、いかにも足がもつれたかのように、医師に向かって倒《たお》れこんだのだ。

「うわっ！」

あわてて千代を抱《だ》きとめたとたん、医師の顔が引きつった。痛めていた腰《こし》に、激痛が走ったのだろう。その手から、狐《きつね》ころりが落ちた。

千代はすぐさまあやまった。

「ああ、ごめんなさい！」

「い、いや。だ、大丈夫《だいじょうぶ》だとも」

「本当に申し訳ありません。あ、それ、あたしが拾いますから」

千代はすばやく狐ころりの根の部分をつかんで、拾いあげた。

そのとき、花びらのような根のかけらに指をかけ、力をこめた。ぱきぱきっと、いくつかのかけらが手の中に落ちた。

それを手の中に隠《かく》したまま、千代は狐ころりを医師に返した。

「本当にごめんなさい、先生」

「いいのだよ。あ、あっつつ！　だ、大丈夫《だいじょうぶ》だ。おまえは早くおもどり。ここにいては、またしかられてしまうかもしれないぞ」

何度もあやまってから、千代《ちよ》はその場をはなれた。思いがけず狐《きつね》ころりが手に入ったことが、うれしくてたまらなかった。体の痛みさえ、薄《うす》れてしまいそうだ。

やっと手に入ったのだ。すぐに離《はな》れに行って、あぐりこに知らせなくては。

が、狐ころりの臭《にお》いがどんどん強まっていくのには、まいった。手ぬぐいで根を包んだが、それでもぷぅんと臭いがこぼれる。

だれかに気づかれてしまうのではないかと、千代は気が気ではなかった。いっそのこと、一気に廊下《ろうか》を駆《か》けぬけてしまいたいくらいだが、それはそれで怪《あや》しまれてしまいそうだ。

なにげなく歩くのが、こんなに難しいなんて。それに、この廊下ときたら。どこまでも続いているように思えてくる。

ようやく離れにたどりついたときには、千代は自分の体が半分にすりへってしまった気がした。

よろよろと入ってきた千代を見るなり、あぐりこは顔を輝《かがや》かせた。

「見つけたのだね、千代《ちよ》！」

「わかりますか？」

「わかるとも！　ああ、この臭《にお》い。まちがいなく狐《きつね》ころりだ。よく見つけてくれたね！」

あぐりこは喜びのあまり、たんたんと足踏《あしぶ》みをした。だが、その体はぐらりとかたむき、床《ゆか》に倒《たお》れてしまった。

あわてて駆《か》け寄《よ》ろうとする千代に、あぐりこは袖《そで》で顔をおさえながら言った。

「……す、すまぬが少しはなれておくれ。やはりきつい……」

狐ころりの臭いがつらいのだとわかり、千代はあわてて狐ころりを結界の外に出した。

「大丈夫《だいじょうぶ》ですか、あぐりこ様？」

「だ、大丈夫だ。いきなりだったから、つい息を吸いこんでしまって……なに。少し横になれば、元通りになる。千代。そなたも、今日はもう休んだほうがいい。そなたの体から、痛みの匂《にお》いがする。きっと、これを手に入れるために、大変な目にあったのだろうね」

あぐりこは、休みなさいとくり返した。どのみち、すぐには薬作りには取りかかれない。他の薬草が乾《かわ》くのも、まだしばらくかかるだろうし、調合に必要な道具も集めなくてはならないからだ。

「だが、それもゆっくりやればいい。焦《あせ》ることは何一つない。まずはゆっくり休んで。このあと、大仕事が我らを待っているのだからね！」

「はい」

二人は顔を見合わせ、うなずきあった。

九　試み

狐《きつね》ころりを手に入れたあと、千代《ちよ》はしばらくおとなしくしていた。結界にはじかれた痛みがなかなかひかなかったし、狐ころりを盗《ぬす》んだことに医師が気づいて、怒鳴《どな》りこんでくるのではないかと、びくびくしていたのだ。

だが、何事もなく数日が過ぎた。

もう大丈夫《だいじょうぶ》だと思った千代は、ふたたびひそやかに動きだした。調合に必要な道具を集めはじめたのだ。

まず、なくなってもだれにも気づかれないような小皿や小鉢《こばち》、さじなどを、こっそりくすねていった。薬をこすための薄《うす》い布や、すり鉢やすりこぎも、なんとか工面した。

平八郎《へいはちろう》に頼《たの》んで、火鉢《ひばち》も一つ手に入れた。これから暑くなるのにかと、不思議がられたが、

「あぐりこ様は火を見ていたいそうです。火鉢の火を見ていれば、一人でいるときもさびしくないだろうって、言っていました」と、ごまかした。

手に入れた品を、千代《ちよ》は毎日離《はな》れの中に運びこみ、あぐりこはそれらを確認していった。

そしてある日、ついにあぐりこはうなずいた。

「よし。そろそろ薬作りを始めるとしよう。千代、部屋にもどって、集めた薬草を持ってきておくれ。どの草も、もう十分に乾《かわ》いているだろうからね」

「はい！」

千代は飛ぶように自分の部屋に向かった。が……。

部屋の戸を開けたとたん、立ちすくんでしまった。部屋はめちゃくちゃに荒《あ》らされていたのだ。籠《かご》はひっくり返され、中の物はすべて放りだされていた。着物や布団《ふとん》も、投げだされている。

「あっ……」

思わず後ずさりすると、どんっと何かにぶつかった。ふり返れば、平八郎《へいはちろう》が燃えるような目でこちらをにらんでいた。

「これはなんだ、千代！」

平八郎が振《ふ》りかざしたこぶしには、薬草の束が握《にぎ》られていた。

千代は血の気が引くのを感じた。隠《かく》しておいた薬草を見つけられてしまったのだ。恐怖《きょうふ》のあまり気絶しそうになりながらも、必死で考えをめぐらせた。

大丈夫《だいじょうぶ》。あれがなんのためのものか、平八郎《へいはちろう》にはわからないはずだ。なにしろ、どこにでもはえているようなものばかりなのだから。狐《きつね》ころりは臭《にお》いがきついので、離《はな》れの厠《かわや》に隠《かく》しておいてある。だから、きっと大丈夫だ。

なんとかごまかしてみせると、千代《ちよ》は腹をくくった。

「それは、く、草です、若様」

できるだけ哀《あわ》れっぽい声で、千代は言った。

この言葉に、平八郎はますます猛《たけ》り狂《くる》った。どしんと、足を踏《ふ》みならした。

「そんなことは見ればわかる！　なんのための草だ！　正直に答えろ！」

「お、お、お薬のための草です、若様」

「だから、なんのための薬だと聞いている！」

「この前、か、か、肩《かた》に怪我《けが》してしまって、薬草を摘《つ》んで手当てを……」

「怪我だと！　嘘《うそ》を言うな！」

平八郎は薬草を投げすて、千代に飛びかかった。悲鳴をあげる少女をつかまえ、がくがくと激しくゆさぶった。その拍子《ひょうし》に、千代の着物が少しはだけ、肩がむきだしとなった。

「むっ！」

平八郎《へいはちろう》は動きを止めた。

むきだしとなった少女の肩《かた》に、ぴっと、長い傷が走っていたのだ。深いものではないが、赤い傷口が痛々しく、緑色の汁《しる》が塗《ぬ》りつけられている。

しばらく傷を見ていた平八郎だったが、やがて、すすり泣いている千代《ちよ》にたずねた。

「なんでできた傷だ？」

「か、かみそ、りです。お、お風呂《ふろ》で、邪魔《じゃま》な髪《かみ》をそごうとしたら、そ、そ、外で大きな音がして……びっくりしたら、手がすべって……」

「……なぜ薬をくれと言ってこなかった？」

「こ、こ、こんなによくしていただいているのに、お薬までくださいとは言えなくて……」

しゃくり声で答える千代に、引きつっていた平八郎の顔がゆるゆるとゆるんでいった。

『なんだ。そうだったのか……』

この草の束を見つけたときはおどろいた。なんのためかはわからないが、草はまちがいなく隠《かく》してあったからだ。

千代が自分に隠しごとをしている。そのことに、自分は今まで気づけなかった。

裏切られた気がしたし、焦《あせ》りもした。

『俺《おれ》は……何かを見落としていたのか？』

とっさに浮《う》かんできたのは、父の顔だった。おまえにまかせたのがまちがいだった、やはり頼《たよ》りになるのは兄のほうだなと、平八郎《へいはちろう》を冷たく見放した目。

父に認めてもらいたい平八郎にとって、それはなにより恐《おそ》ろしく、思わず我を忘れて、千代《ちよ》に飛びかかってしまったのだ。

だが、考えてみれば、千代が何かしでかすわけがない。そうだ。できるはずもないのだ。いつだって素直《すなお》に言いつけにしたがい、よく働いてくれている娘《むすめ》ではないか。それを、あんなふうに怒鳴《どな》りつけてしまうとは。

平八郎ははずかしくなった。

こんなふうにおびえさせるつもりはなかったのだ。俺はただ、自分の役目を果たそうとしただけなのだ。

心の中でつぶやきながら、平八郎は千代をはなしてやった。

「次からはなんでも言え。痛い思いをしたくなかったらな。……悪かった」

そう言い捨て、平八郎は出ていった。

助かったと、千代《ちよ》は床《ゆか》にへなへなと崩《くず》れた。震《ふる》えがおさまらなかった。つかまれていた両《りょう》腕《うで》も痛い。心《しん》の臓《ぞう》がばくばくいって、息もできないくらいだ。

必死で息を整えながら、平八郎《へいはちろう》が投げ捨てていった薬草の束を拾いあげた。

『平八郎様がこれを持っていってしまわないで、本当によかった。それに……あぐりこ様が言っていたとおりだった』

薬草をしっかりと握《にぎ》りしめながら、千代は二日前のことを思い出した。

二日前、あぐりこはこう言ったのだ。

「千代。もしかしたら、阿豪《あごう》のだれかが薬草を見つけてしまうかもしれない。そういうときのために、そろそろ言い訳をつくっておいたほうがよいと思うのだ」

「言い訳を、つくる？」

あぐりこの言葉に、千代はきょとんとした。

「言い訳なんて、なんでもいいんじゃありませんか？　もし薬草が見つかっても、怪《け》我《が》したから、自分で薬を作ろうとしたって言えば……」

「いや、そんなことでは、とてもごまかせないだろう」

あぐりこはかぶりを振《ふ》った。

「わしを逃《に》がさぬように、阿豪《あごう》はあらゆることに気をくばっている。それこそ蜘蛛《くも》のように、あちこちに網《あみ》を張りめぐらせているのだよ。言い訳はまことでなければいけない。そうでなければ、阿豪の目はだませぬ。薬を作っていた口実《こうじつ》としては、やはり怪我《けが》がいいだろう。だから、その……」

あぐりこは言いにくそうに口ごもった。千代《ちよ》はうなずいた。

「あたしがほんとに怪我をすればいいんですね？」

「……すまない。本当にすまない」

「いいえ。でも……どんな怪我ならいいんでしょう？」

あざをつくればいいのか、それとも刃物《はもの》などで傷をこさえればいいのか。考えこむ千代に、あぐりこは言った。

「それはわしがやろう。少し着物をはだけておくれ」

千代が言われたとおりにすると、あぐりこは静かに千代の肩《かた》に顔を寄せた。温かい息が肌《はだ》にかかり、千代は思わず身を引きそうになった。

「大丈夫《だいじょうぶ》。ひどく傷つけはしないから」

やさしい声が千代をなだめた。そうして小さな牙《きば》がぷつりと肌に食いこんだかと思うと、さっと熱い痛みが走った。あぐりこが横に歯を滑《すべ》らせたのだ。

千代《ちよ》の肩《かた》に、浅い、長い傷ができた。

あおきの葉で血止めをしながら、あぐりこはつらそうな顔で言った。

「すまぬ。痛むか？」

「大丈夫《だいじょうぶ》です。このくらい、なんともないです」

そうは言ったものの、傷はぴりぴりと痛んだ。こんなことは必要ないのではないかと、思ったりもしたのだが……。

あぐりこの予感は見事当たったというわけだ。

『平八郎《へいはちろう》様が薬草を見つけたのは、偶然《ぐうぜん》なんかじゃない。きっと平八郎様は、これまでにもときどきこの部屋の中をさぐって、怪《あや》しいものがないか調べていたんだ』

やはり阿豪《あごう》は恐《おそ》ろしい。絶対に気を抜《ぬ》いてはだめだと、千代は肝《きも》に銘《めい》じた。

＊

その日から、あぐりこと千代は薬作りに取りかかった。

葉を酒に漬《つ》けこんだり、木の実を火であぶって、種の中身を取りだしたり。木の皮の煎《せん》じ汁《じる》を煮詰《につ》めるのには、何日もかかった。

それ以外の薬草のほとんどは、すり鉢《ばち》でていねいにすりつぶした。よく乾《かわ》いた草や花は、細かな粉となり、種類ごとに器に取りわけられた。

そうした下準備が終わると、いよいよ調合が始まった。

まず狐《きつね》ころりをすりつぶしにかかった。それは千代《ちよ》がやった。あぐりこにとっては、狐ころりの汁《しる》はふれるのも危険だったからだ。

花びらのような根は、つぶすと、ねとっとした汁を出した。山ごぼうのような、濃《こ》い紫色《むらさきいろ》の汁だ。

「このくらいでいいですか?」

「ああ、いい感じだ。では、これからわしが言うとおりに、薬草を混ぜていっておくれ」

あぐりこは、どの薬草をどのくらい入れればいいか、細かく指示を出しはじめた。自分も手を休めなかった。千代に指示をあたえながら、毒消し作りにかかっていたのだ。

黙々《もくもく》と二人は薬作りにはげみ、やがて泥《どろ》のような混ぜ物ができあがった。千代とあぐりこは、それぞれの混ぜ物をどんぐりほどの大きさに丸めて、五日ほど空気にさらした。

薬は乾《かわ》き、縮み、小さな丸薬ができあがった。

毒の丸薬は紫《むらさき》がかった灰色で、一方の毒消しは真っ黒だった。どちらも、大きさは千代《ちよ》の小指の先くらいしかない。

二粒《つぶ》の薬は手毬《てまり》の中に隠《かく》され、あぐりこの手元に置かれることとなった。ここがいちばん安全な隠し場所だった。あぐりこのいる注連縄《しめなわ》の中には、阿豪《あごう》一族は決して入ってこないからだ。

これで毒と毒消し、二つがそろった。だが、あぐりこはすぐに使おうとは思っていなかった。用心深くずるがしこい阿豪を出しぬくためにも、ここぞという機会が来るまで待とう。そう千代に伝えた。

千代はたずねた。

「この残った薬草はどうしますか?」

薬草のほとんどは、まだたっぷりと残っていた。千代はどの薬草も多めに採ってきたのだ。

「そうだね。これで役に立ちそうな薬を、いくつか作っておくとしよう。この先、何があるかわからないからね」

「そうですね」

「だが、それはまた明日にしよう。今日はもうゆるりとしたい」

そう言って、あぐりこはとっくりの酒を自分の杯《さかずき》についだ。その朱金色《しゅきんいろ》の目は、これまでになく和《やわ》らいでいた。

「阿久利森《あぐりもり》。ああ、いよいよあの森に帰るのだ。千代《ちよ》、阿久利森はね、雲のようにたっぷりとした霧《きり》に包まれているのだよ。木霊《こだま》一族のはく息が、霧となって漂《ただよ》っているためだ。そして森の中は、ああ、そこでは時がゆるやかに流れている……」

今でもはっきりと思い出せると、あぐりこは故郷のことを語りはじめた。

絹よりも柔《やわ》らかなこけ。どこまでも甘《あま》い泉の水。大地からは土や草の精の歌声が立ちのぼり、木々の奥《おく》からは太鼓《たいこ》の音がひびき渡《わた》る。その調べにあわせて、軽やかに舞《ま》う霊蝶《れいちょう》たち。

あぐりこの語りは、ぐんぐん熱をおびていった。

「わしは大桜《おおざくら》の木が好きだった。春になると、その木の下に腹ばいになって、花をながめたものだ。見目麗《みめうるわ》しい白樺《しらかば》の林もある。そこは風の通り道でね。夏になると、たくさんの獣《けもの》が涼《すず》みにいく。そして、満月の夜には神事がおこなわれ、森中の木霊たちが集まるのだ。みなが蛍火《ほたるび》を灯《とも》しているから、森中が輝《かがや》いて見える。ああ、千代！　あれほど美しいところはほかにないよ！　わしの心はいつも、あの美しい故郷にあるのだ！」

高ぶる思いをおさえるかのように、あぐりこは酒をあおり始めた。

故郷を懐《なつ》かしむあぐりこを、千代《ちよ》は少しうらやましく思った。千代には故郷と思える場所がなかったからだ。

『ここはもちろん、あたしの家じゃない。前に暮らしていた家は……あそこにはもうもどりたくない。あれはもうあたしの家じゃない。……じゃあ、あたしの帰る場所は？』

いったいどこにあるのだろうと、ぼんやりと思った。

「千代。千代」

あぐりこの声が、千代を物思いから呼びもどした。

「え、あ、はい？　なんですか？」

「酒がきれてしまったのだ。すまぬが、少しもらってきておくれ。今日はとても気分がいい。もう少し飲みたいのだよ」

「わかりました」

千代は空《から》のとっくりを持って、西の蔵に向かった。

西の蔵は、これまた大きなものだった。まるで、どっぷりと太った魚が陸の上にあがって、威張《いば》っているかのようだ。

千代《ちよ》に気づくと、蔵番の三郎太《さぶろうた》は笑いかけてきた。三郎太は筋骨たくましい大男で、顔は岩のようにごついが、気のいい男だ。

「よお、どうした、千代？　何か用か？」

「はい。姫様《ひめさま》がお酒のおかわりをほしがっているんです。これに少し入れてもらえますか？」

「いいとも。ちょっと待ってな」

三郎太は錠前《じょうまえ》をはずし、蔵の戸を開いた。千代がのぞきこむと、中にはいろいろな品物がうず高く積まれていた。

「すごい。物だらけ」

「当たり前だ。なにしろ、このお屋敷《やしき》の蓄《たくわ》えが全部ここに入っているんだからな。そうだ。ちょっと入ってみるか？」

「はい！」

三郎太といっしょに、千代は蔵に入った。蔵の中は薄暗《うすぐら》く、いろいろな匂《にお》いがした。樽《たる》や米《こめ》俵《だわら》や籠《かご》が山となって、あちこちに置かれている。そしていちばん奥《おく》には、大きな酒樽《さかだる》がいくつもあった。

そのうちの一つに、三郎太は近づいた。その注ぎ口にとっくりを近づけ、なれた手つきで栓《せん》を抜《ぬ》いた。とくとくと、とっくりに白い酒が流れこみ始めた。同時に、ふわっと甘《あま》い匂《にお》いが広がっていく。

その間も蔵を見回していた千代《ちよ》は、自分たちの真上のあたりに、大きな神棚《かみだな》があることに気づいた。神棚の上には、赤い角樽《つのだる》が三つ置いてあった。

「三郎太《さぶろうた》さん。あれはなんですか?」

「ん? ああ、陽一郎《よういちろう》様のお子がお生まれになったら、みんなにふるまわれる祝い酒さ。今回は無事に九月目に入ったからな。これなら大丈夫《だいじょうぶ》と、お館様《やかたさま》は宴《うたげ》の準備を始めておられるのさ」

どくりと、千代の胸が高鳴った。

この屋敷《やしき》にいるすべての人間が飲むことになる祝い酒。その酒に、たとえば眠《ねむ》り薬《ぐすり》を入れておいたらどうだろう? そうすれば、千代とあぐりこが屋敷を逃《に》げだすのが楽になる。なにより、遠くまで逃げられるはずだ。

見る間に頭の中に計画が組み立てられていった。

これだ! これこそまさにうってつけだ!

酒を受けとったあと、千代はあぐりこの元に走ってもどった。

千代《ちよ》の計画を聞くと、あぐりこも目を輝《かがや》かせた。

「すばらしい！　その手でいこう！」

それから毎日、千代は酒をもらいに蔵に行った。行くたびに、三郎太《さぶろうた》とおしゃべりし、気に入られるように、愛想《あいそ》よくふるまった。人のいい三郎太は千代をかわいがり、すっかり信用するようになった。

そして、その機会がやってきた。

十　祝い酒

その日、千代《ちよ》が蔵に向かってみると、荷を山積みにした荷車が四台、蔵の前にとめられていた。荷の前では、三郎太《さぶろうた》がなにやら帳簿《ちょうぼ》をつけていた。

「こんにちは、三郎太さん」

「お、千代か。また姫様《ひめさま》の使いかい？」

「はい。お酒のおかわり、もらえますか？」

「やれやれ、忙《いそが》しいときに来てくれたもんだ。悪いが、ちょっと待ってもらえるか？」

「いいですけど……何をやっているんです？」

「届いた荷をたしかめているんだ。数があっているか、物がそろっているか、ちゃんと調べてから蔵に入れないといけないからな。ええと、どこまでいったっけ。みそが、ええっと……」

三郎太は汗《あせ》をかきかき荷を数えはじめた。こういったことは、あまり得意ではなさそうだ。

三郎太が四苦八苦しているのを見て、千代の目が光った。

眠《ねむ》り薬《ぐすり》を酒に入れるなら、今しかない！

さりげなく千代《ちよ》は切りだした。

「あの、あたし、自分でお酒を入れてきてもいいですか？」

「できるのか？」

「はい。どうやるかは、前に見せてもらったし。その、姫様《ひめさま》は待たされるのがお好きじゃないんです。急がなくちゃいけなくて」

三郎太《さぶろうた》は少し考えてから、うなずいた。

「ま、おまえなら酒の盗《ぬす》み飲《の》みもやらかさないだろうし。よし。入りな」

「はい。ありがとうございます！」

高鳴る胸をおさえながら、千代は蔵の中に入った。

あの神棚《かみだな》の前に来ると、千代は後ろをふり返った。山積みにされた米俵《こめだわら》が壁《かべ》となり、外にいる三郎太に見られる心配はまずない。

千代は、手前にある大きな酒樽《さかだる》に乗り、神棚から角樽《つのだる》を下ろしはじめた。一つ。二つ。三つ。一つ下ろすたびに、たぷんと中の酒が音をたて、千代は胸がどきどきした。三郎太がこの音を聞きつけたら、どうしよう？　様子を見にきたら、おしまいだ。

ありがたいことに、三郎太《さぶろうた》はやってはこなかった。

さあ、急がなければならない。

千代《ちよ》は懐《ふところ》から紙包みを三つ、取りだした。使うときがいつ来てもいいようにと、ずっと懐に入れて、持ち歩いていた紙包み。中身は、くさのおうやたけにぐさの根といった、眠気《ねむけ》をもよおす薬草を何種類も混《ま》ぜこんで作った眠り薬だ。

手早く角樽《つのだる》の蓋《ふた》を取りはずし、それぞれの樽《たる》に一包みずつ、薬を入れた。すっと、緑の粉薬は酒の中に溶《と》けていった。

薬が溶けるのを見届けると、千代は角樽の蓋を閉じ、元の場所にもどしていった。酒が入った樽は重たくて、神棚《かみだな》にもどすのは一苦労だった。

早く早く！

心ばかりが急《せ》いてしまう。

ようやく最後の一つを棚にあげることができた。

千代はほっとして、乗っていた樽から飛びおりようとした。そのときだ。袖《そで》が、角樽の一つにひっかかった。

袖に引っぱられる形で、角樽はゆっくりと神棚から落ちた。

『だめぇぇぇっ！』

落ちる角樽《つのだる》と地面との間に、千代《ちよ》は無我夢中《むがむちゅう》で滑《すべ》りこんだ。

角樽は千代の腹の上に落下した。

ずんと、腹に強烈《きょうれつ》な衝撃《しょうげき》が走り、息がつまった。一瞬《いっしゅん》、目の前が暗くなる。

だが、それだけでは終わらなかった。

ひいひいと、必死で息をしようとしていた千代は、自分の着物が濡《ぬ》れていくのを感じた。

はっと腹の上の角樽を見れば、樽の栓《せん》がずれ、中の酒がこぼれ出ているではないか。

あわてて栓をしたが、もう手遅《ておく》れだった。胸元から腹にかけて、千代はどっぷりと酒で濡れてしまったのだ。

ドジドジドジ！

酒の匂《にお》いが立ちのぼるなか、千代は自分をののしった。どうして気を抜《ぬ》いたりしたのだろう？　どうして手元をちゃんと見ておかなかったのだろう？

いくら後悔《こうかい》しても遅《おそ》すぎた。しかし、いつまでもここにいるわけにはいかない。ぐずぐずしていたら、それだけ怪《あや》しまれてしまう。

『こうなったら一か八かだ！』

角樽《つのだる》を元にもどし、床《ゆか》にこぼれた酒を袖《そで》でふきとったあと、千代《ちよ》は蔵の外に出た。

青い顔をして出てきた千代を見るなり、三郎太《さぶろうた》は目を見張った。

「おいおい。なんて顔をしてるんだ。いったいどうした？」

「ご、ご、ごめんなさい！」

「えっ？　な、何をやらかしたんだ？」

千代は濡《ぬ》れた小袖《こそで》を指さして見せた。

「どうしたんだ、それ？」

「お酒を入れ終わったから、酒樽《さかだる》に栓《せん》をしようとしたんです。でも、う、うまくいかなくて。手がすべって、栓が飛んでしまって」

「こぼしちまったのか？」

「はい……で、でも、こぼしたのはほんの少しだけです！　本当です！」

まいったなと、三郎太は顔をしかめた。

「やっぱりやらかしてくれたか」

「ごめんなさい、ごめんなさい」

「……まあ、こぼしちまったものはしかたない。いいよ。俺《おれ》がなまけたのが悪かったんだし。

ここは一つ、俺《おれ》たちだけの秘密にしとくとしよう。俺は、おまえが酒をこぼしたことはしゃべらない。そのかわりおまえも、俺の手抜《てぬ》きをだれにも言わない。それでいいな？」

「は、はい」

「よし。じゃあ、行きな。姫様《ひめさま》が待ってるんだろ？」

「ありがとう。ほんとにごめんなさい」

千代《ちよ》はそそくさと蔵をあとにした。心《しん》の臓《ぞう》が口から飛びだしてしまいそうなほど怖《こわ》かったが、ついにやったぞという喜びもあった。ともかく、これで仕掛《しか》けはすんだのだ。あとは時が来るのを待てばいいだけだ。

濡《ぬ》れてしまった着物を着替《きが》えるために、千代は自分の部屋に向かった。ぴょんぴょんと、飛びはねるような小走りで。

その姿を、阿豪幽斎《あごうゆうさい》が見ていたのだ。

ちょうど蔵に行こうとしていた阿豪幽斎は、駆《か》け去《さ》る千代を見て足を止めた。

何かが引っかかった。なんなのだろうか、あの足取りは。

気になった幽斎は、三郎太《さぶろうた》を呼んだ。駆《か》け寄《よ》ってきた三郎太に、幽斎はたずねた。

「今走っていったのは千代か？」

「はい、お館様《やかたさま》。千代《ちよ》ですよ」

「なぜあの娘《むすめ》がこんなところへ？」

「このごろはめずらしくもないんですよ。ここんとこ、毎日のように酒を分けてくれって、やってくるんです。離《はな》れの姫様《ひめさま》が、ずいぶんお酒を召《め》しあがるそうで」

「ふむ。姫がか。そういう報告は聞いていないが……」

ふたたび考えこむ幽斎《ゆうさい》に、三郎太《さぶろうた》はおずおずとたずねた。

「お館様、ほかにご用は？」

「ん？　ああ、そうだった。陽一郎《よういちろう》のために都《みやこ》から取りよせた薬が、ようやく届いたと聞いた。荷から出してくれ」

「すぐに持ってまいります」

だが、三郎太に薬を取りにいかせたあとも、幽斎は走り去った千代のことを考えていた。頭からはなれなかったのだ。

十一　囚《とら》われの身

屋敷《やしき》のもっとも日当りのいい部屋で、阿豪幽斎《あごうゆうさい》の長男、陽一郎《よういちろう》は養生《ようじょう》していた。布団《ふとん》の中で書物を読んでいた陽一郎は、やってきた父を見て微笑《ほほえ》んだ。三十三歳《さい》になる陽一郎は、父親とも、弟とも、まるで似ていなかった。女のようにやさしげな白い顔をしており、体つきも竹のように細く、きゃしゃだ。

だが、目だけは恐《おそ》ろしく鋭《するど》かった。

一族の中でもずば抜《ぬ》けて頭が切れるこの長男を、幽斎は心から頼《たよ》りにしていた。「陽一郎がいるなら、他に子どもはいらん」と、ひそかに思うほどだ。

だからこそ、陽一郎が原因不明の病《やまい》に倒《たお》れたときには、幽斎は夜も眠《ねむ》れないほど心配した。金を惜《お》しまず高価な薬や医師をかき集め、神仏や祈祷師《きとうし》などにもすがった。

しかし、陽一郎の容態は悪化するばかりだった。一時は、「明日をも知れぬ命」と、医師に告げられた。

それが、今はどうだ。まだ痩《や》せてはいるものの、肌《はだ》には生気がもどり、抜《ぬ》けおちてしまった髪《かみ》もはえ始めている。このごろは食事も一人で食べられるほど回復していた。

「父上、わざわざ見舞《みま》いに来てくれたのですか?」

「よく効《き》くと評判《ひょうばん》の、滋養《じよう》の薬が都《みやこ》から届いたからな。今煎《せん》じてやろう」

「お手数をおかけし、申し訳ないですね」

「そんなことは気にするな。とにかく、早くよくなってくれ。おまえがいないと、心細くてたまらん」

「そんなことを言って……平八郎《へいはちろう》がいるではありませんか」

「平八郎か。あれは体だけは丈夫《じょうぶ》だが、あとはだめだな。短気で、そのくせ情にもろいところがある。おまえとはできがちがう」

「そういうことを言うと、またふてくされますよ。平八郎はまだ若いだけです。いずれ、ちゃんと阿豪《あごう》家《け》の男らしくなりますよ」

十五歳《さい》年下の弟を、陽一郎《よういちろう》はかばった。

「ふん。本当にそうなればいいがな」

「なりますよ。これからの阿豪はよいことが続きます。感じるんです。私の体も、このとおり日に日によくなっている。わかさは無事に子を産めそうですし、秋には平八郎《へいはちろう》にも嫁《よめ》が来る。もうじき、この屋敷《やしき》もにぎやかになりますよ」

「ああ、そうだな」

うなずいたあと、幽斎《ゆうさい》はふと部屋を見回した。

「ところで、おまえの嫁は？　あいかわらず、ここに近づかないのか？」

「わかさですか？　ええ、あれは奥の間《おくのま》からほとんど出てきませんよ。私の病《やまい》がうつっては大変だと、思っているのでしょう。しばらく顔も見ていないので、次に会ったときには、相手がだれだか、おたがいにわからないかもしれませんね」

陽一郎《よういちろう》は冗談《じょうだん》めかして言ったが、幽斎の顔は一気にけわしくなった。

「あれにも困ったものだな。多産の家の女と聞いたから、めとらせたのだが。夫の看病《かんびょう》もせずに、奥の間に引っこんでいるとはけしからん」

「まあまあ。多少のことには目をつぶろうではありませんか。無事に後継《あとつ》ぎを産んでくれるのであれば、私は何の不満もありませんよ。今度は無事に生まれそうだと、医師殿《いしどの》も言っていましたしね」

陽一郎はにこりと笑った。

「それもこれも、千代《ちよ》という娘《むすめ》がお守り様をなだめてくれているおかげですね。やはり、世話役を子どもにして正解だった。昔から、子ども、とくに女の子は、精霊《せいれい》や神の遊び相手として喜ばれるといいますから。そうだ、父上。今度、千代をここに連れてきてはくれませんか？私から何か褒美《ほうび》をくれてやるとしましょう」

「うむ……」

千代の名を聞くなり、幽斎《ゆうさい》の顔がくもった。それを、陽一郎《よういちろう》は見逃《みのが》さなかった。

「どうかしましたか？」

「うむ。ちと気になることがあってな。いや、たいしたことではないのだが」

その一言で、陽一郎の顔つきががらりと変わった。きびしい表情で、幽斎に言った。

「話してください、父上」

「うむ……千代のことなのだが。なにやら、こそこそと動きまわっているようなのだ」

幽斎は、自分が見聞きしたことを息子に話した。

「まあ、とくに怪《あや》しいというわけではないのだが……わしはあの娘がどうも信用できんのだ。わしや平八郎《へいはちろう》を見る目つきも、気に食わん。お守り様に何か吹《ふ》きこまれて、しもべになってしまったのではないかと、気がかりでならんのだ」

「……平八郎《へいはちろう》も、何か気づいているかもしれませんね。呼んでください」

「わかった」

幽斎《ゆうさい》はすぐに平八郎を呼んだ。

やってきた平八郎は、仏頂面《ぶっちょうづら》を隠《かく》さなかった。

「なんの用ですか、兄上。俺《おれ》は忙《いそが》しいんですよ。これから狩《か》りに……」

「お黙《だま》り、平八郎。これは阿豪家《あごうけ》に関わる重大なことなんだよ」

口をとがらす平八郎に、幽斎と陽一郎《よういちろう》はかわるがわるたずねた。千代《ちよ》のことで、何か変わったことはなかったかと。どんな小さなことでもかまわない。何か気になったことはなかったかと。

はっと、平八郎が顔をあげた。

「どうした、平八郎?」

「いえ、ただ……半月ほど前に千代の部屋を調べたとき、干した草の束が隠してあるのを見つけたことがあったなと……」

「草、だと?」

「はい。傷薬《きずぐすり》を作るために集めた薬草だと言っていました。念のためたしかめたところ、たしかに怪我《けが》をしていました。なんの問題もなさそうだったので、父上にもご報告しなかったのですが……」

平八郎《へいはちろう》の声はどんどんか細く、弱々しくなっていった。話しているうちに、不安にかられてきたようだ。

幽斎《ゆうさい》と陽一郎《よういちろう》は顔を見合わせた。

「父上……」

「やはり怪《あや》しいな。……もしかしたら、本当に何かをたくらんでいるのかもしれぬ。このところ酒のおかわりを続けていたというのも、気がかりだ。こうなると……あの娘《むすめ》をどうにかしなくてはならんな」

父親の言葉に、平八郎はぎょっとしたように青ざめた。

「こ、殺すつもりですか？　千代《ちよ》を？」

「いや、そのつもりはない」

即座《そくざ》に幽斎は言った。

「あの小娘がお守り様の相手をするようになってから、我が家の邪気《じゃき》は弱まった。それに……お守り様はあの娘を気に入っている。千代を殺せば、それこそ怒《いか》り狂《くる》い、これまで以上の毒気をまきちらすようになるかもしれん」

それにと、幽斎《ゆうさい》はつけ加えた。

「どんなことがあろうと、やはり千代《ちよ》は殺せん。あの娘《むすめ》は、お守り様を手なずけることができた唯一《ゆいいつ》の者なのだぞ？　そうかんたんに失うことはできんわ」

「では、どうします？」

「うむ……」

幽斎も黙《だま》りこんでしまった。それ以上のことは思いうかばなかったのだ。

沈黙《ちんもく》を破ったのは、陽一郎《よういちろう》だった。

「別に悩《なや》むことではありませんよ」

「何かいい手でも思いついたか、陽一郎？」

「ええ。番犬がこちらの手を噛《か》もうとしているなら、宝といっしょに檻《おり》の中に入れてしまえばいい。千代を離《はな》れに閉じこめてしまいましょう。お守り様もろともにです」

目を見張る幽斎と平八郎《へいはちろう》に、陽一郎は淡々《たんたん》と話しつづけた。

「千代が自由に動きまわれるから、いけないのです。千代の動きを封《ふう》じれば、お守り様は手も足も出せなくなりますよ」

「しかし、それでは……お守り様が怒《いか》るだろう。前のように邪気《じゃき》があふれるようになったら、どうする？」

「それはありませんよ。邪気をはき出せば、いっしょに閉じこめられている千代《ちよ》が、最初に倒《たお》れることになります。父上がおっしゃったとおり、お守り様は千代を気に入っている。千代のために、邪気をおさえるでしょう」

「なるほど。……そうだな。たしかにそうだ。これは使えるな」

幽斎《ゆうさい》と陽一郎《よういちろう》はうなずきあった。

だが、平八郎《へいはちろう》が吠《ほ》えるように叫《さけ》んだ。

「ちょっと待ってください！　それじゃ、千代を離《はな》れに閉じこめるつもりですか？　一生？　それはあんまりだ……いくらなんでも、ひどすぎる！」

「何がひどいと言うんだい、平八郎？」

陽一郎は不思議そうに聞き返した。

「これは阿豪家《あごうけ》を守るためのことなんだよ？　それがいちばん大事なことじゃないか。たしかに、千代にはちょっと気の毒かもしれない。でも、それで家を守れるなら、やるしかないだろう？」

「兄上はいつだってそうだ！　そうやって、涼《すず》しい顔をして、ひどいことをする！　だいたい……」

「そこまでだ！」

くわっと、幽斎《ゆうさい》が平八郎《へいはちろう》を怒鳴《どな》りつけた。

「この馬鹿者《ばかもの》め！　またそうやって、女々《めめ》しい情け心をもつのか！　いいか？　千代《ちよ》はお守り様に手を貸しているのかもしれないのだぞ？　我が家を破滅《はめつ》させるかもしれない娘《むすめ》に、情けなどかけるな！」

「し、しかし、我々は九十年もお守り様を閉じこめています。ち、千代がお守り様に同情するのも、無理はないのでは？　お守り様にそそのかされているだけかもしれないし。もう少し様子をみては……」

「やめんか！　あんな娘のために、言い争いをするつもりはない。あの娘は閉じこめる。それで決まりだ！」

納得いかないと、平八郎は歯を食いしばった。

幽斎の目が暗くなった。

「たしかに、我々はお守り様を閉じこめた。富のためにな。そのかわり、お守り様はいろいろなものをうばった。……その中には、おまえたちの母の命も入っている」

「えっ……？」

「平八郎《へいはちろう》。おまえにはわざと教えなかったのだ。おまえは幼かったし、気の弱いところがあったからな。……おまえの母は病気で亡くなったのではない。お守り様の邪気《じゃき》にあてられ、死んだのだ」

平八郎の顔から、さっと血の気が引いていった。

陽一郎《よういちろう》がため息をつきながら言った。

「あのときのことは、私も覚えています。母上が日に日に弱って、雪のように白く、はかなくなっていく姿……影《かげ》に食われると、うなされていた。あれは一生忘れられないでしょう」

「そうだ。わしも、あの姿を忘れたことは一日もない。怖《こわ》い怖いと、うめくゆりの声を忘れた日はない。……ゆりは殺されたのだ。お守り様に殺されたのだ！」

幽斎《ゆうさい》は平八郎をにらみつけた。

「さあ、これでも千代《ちよ》に味方するのか？　お守り様の手先になりさがった娘《むすめ》を、かばってやろうというのか？」

平八郎は、はっとしたように顔をあげた。真《ま》っ青《さお》になっていた顔が、今度はみるみる赤黒くなっていった。

憎《にく》しみに目をぎらつかせながら、平八郎《へいはちろう》は立ちあがった。

「いますぐ千代《ちよ》のやつをつかまえて、離《はな》れにたたきこんでやります」

「そうだ。それでいい。先に行け。わしもすぐに行くから」

「はい！」

平八郎は走るように出ていった。

幽斎《ゆうさい》は陽一郎《よういちろう》を見た。

「千代を閉じこめるか。よく思いついたな、陽一郎。さすがは次期当主だ。頼《たの》もしいぞ。ああ、あとは我らにまかせて、おまえは寝《ね》ておれ。すべてに片をつけたら、また来る」

「ええ、よろしくお願いしますよ、父上」

陽一郎はにっこりとした。


そのとき、千代は酒がしみこんだ小袖《こそで》を洗っていた。水から小袖を引きあげ、匂《にお》いをかいでみた。

うん。もうほとんど匂わない。あとは干せば問題ないだろう。

できるだけ水気をきってから、小袖《こそで》を外の物干しに引っかけた。そうして、自分の部屋にもどってみれば、そこには平八郎《へいはちろう》がいた。鬼《おに》のような形相で、千代《ちよ》をにらみつけてくる。

立ちすくむ千代に、平八郎は低い声で言った。

「千代、離《はな》れまでいっしょに来い」

「えっ？」

「早くしろ！　急げ！」

平八郎の手が蛇《へび》のように伸《の》び、千代の腕《うで》をつかんだ。

引きずられるように歩かされながら、千代は冷《ひ》や汗《あせ》をかいていた。まさか自分がしたことが、ばれてしまったのだろうか。

『大丈夫《だいじょうぶ》。蔵の中はちゃんとかたづけておいたし。それに、大事な薬はみんな、あぐりこ様のところに隠《かく》してあるんだから。平八郎様には見つかりっこない』

何度も自分に言い聞かせた。

離れの前には阿豪幽斎《あごうゆうさい》が立っていた。

「お、お館様《やかたさま》……」

「千代。これからは離れで寝起《ねお》きをしてもらうぞ」

「えっ？」

「昼も夜も、片時もお守り様のおそばをはなれず、お世話をするのだ。それ以外のことはいっさいしなくていい。心配はいらん。必要な物はあとで届けてやる。食事も運んでやる。おまえはただ、お守り様のお相手をすればいいのだ。離《はな》れから一歩も出ずにな」

幽斎《ゆうさい》の言葉の意味に気づき、千代《ちよ》は青くなった。つまり千代を離れに閉じこめると言っているのだ。

「そ、そんな！　い、いやです！　離れで寝起《ねお》きするなんて！」

「うるさい娘《むすめ》だ。平八郎《へいはちろう》、やれ」

「はい、父上」

平八郎の指が釘《くぎ》のように肩《かた》に食いこんできて、千代は痛みに悲鳴をあげた。

そのまま乱暴に引っぱられ、格子《こうし》の向こうに放りこまれた。床《ゆか》に倒《たお》れる千代の前で、格子戸が閉じられた。がしんと、鍵《かぎ》もかけられてしまった。

「いや、出して！　出してください！」

千代は格子戸に飛びついた。

「どうしてなんです？　あたしが何をしたっていうんですか？」

「どうしてだと？　自分の胸に手をあてて考えてみろ」

千代《ちよ》はどきりとした。まさか、さきほどのことを知られてしまったのだろうか。だが、ここでしっぽを出すわけにはいかない。千代は哀《あわ》れっぽく声をあげた。

「わかりません。なんのことだか、わかりません。だ、出してください！　お願いです！」

泣きながら訴《うった》えれば、平八郎《へいはちろう》はきっと同情してくれるはずだ。やさしいところが、この若者にはあるのだから。

だが、今回はちがった。平八郎は荒々《あらあら》しく嘲笑《あざわら》ったのだ。

「たいした女狐《めぎつね》だ。子どものくせに、とぼけぶりは一人前じゃないか。だが、もうだまされないぞ」

「わ、若様……」

「感謝しろよ、千代。こうして閉じこめるだけで、すませてやったんだからな。本当なら、首をはねているところだ」

「あ、あたしは何もしていません！　本当です！」

「いくらわめいても無駄《むだ》だ。おまえはもう二度と、ここから出さない。さあ、お守り様に挨拶《あいさつ》でもしてくるがいい。これからずっといっしょにいられるとわかって、お守り様もお喜びになるだろうさ。さ、行きましょう、父上」

「そうだな。もうここに用はないわ」

高笑いしながら、平八郎《へいはちろう》と幽斎《ゆうさい》は出ていった。外の戸が閉められ、その場は真っ暗となった。のしかかってくるような暗闇《くらやみ》の中で、千代《ちよ》はしばらくすすり泣いていた。自分の泣き声が悲しげにひびき、分厚い壁《かべ》に打ちあたっては返ってきた。

それでも、だれももどってこなかった。

千代はようやく涙《なみだ》をぬぐい、奥《おく》の結界へと入った。

やってきた千代を見るなり、あぐりこは絶句した。

「千代！　その顔はどうした？　泣いたのか？　どうして？」

「大丈夫《だいじょうぶ》です。それより……お酒に薬をしこんできました」

「……ついにやったのか？」

「はい」

千代は目をぎらつかせながら、力をこめて言った。

「あぐりこ様、あたしたちはきっと外に出られますよ。そのときが来れば」

千代の言葉に、あぐりこもうなずいた。

十二　決行

千代《ちよ》の離《はな》れでの暮らしが始まった。

閉じこめられるということがどれほどつらいか、千代はほんの数日で思い知った。まず、時が恐《おそ》ろしく長く感じられた。太陽や月を見ることができないので、時の感覚がまるでつかめない。外の空気や景色《けしき》にはいっさいふれられず、重たい暗闇《くらやみ》が自分を包みこんでくる。ろうそくの光は慰《なぐさ》めになったが、日光への恋《こい》しさはつのるばかりだ。

本当にたまらない時間だった。あと少しの辛抱《しんぼう》だとわかっているのに、ときどき発作《ほっさ》のように泣きさけびたくなる。

一回だけ、本当に泣きだしてしまったことがあった。そんな千代を、あぐりこはやさしくなぐさめた。

「大丈夫《だいじょうぶ》だよ、千代。何も心配することはない。だが、泣きたいときは思いきり泣くといい。心がすっきりするからね」

そう言われると、逆に涙《なみだ》は引っこみ、千代《ちよ》はとり乱した自分を恥《は》じた。そして思った。あぐりこは本当に強いのだと。九十年も、こんな場所に閉じこめられながら、あぐりこは正気を失わなかったのだから。

日に二度の食事は、平八郎《へいはちろう》が運んできた。毎度毎度、格子戸《こうしど》越しに千代と部屋の中をじろりと見回し、異常がないかどうかたしかめていく。千代はそのたびに「出してくれ」と、頼《たの》んでみたが、鼻でせせら笑われるだけだった。

『今に見ていろ。今に見ていろ！』

怒《いか》りもまた力となり、千代はじっと耐《た》えた。

もちろん、備えることも忘れなかった。千代は毎日、少しずつ飯をとっておき、乾燥《かんそう》させて干飯《ほしいい》にしていった。傷《いた》みにくく、水にひたせばすぐに食べられる干飯は、旅には最適の食料なのだ。

ぞうりも作ることにした。小袖《こそで》の一枚を細く切りさき、藁《わら》のかわりに編みこんだ。もったいないとは思ったが、布で編んだぞうりは、藁で作ったものよりもずっと丈夫《じょうぶ》なのだ。

そうして八日目の夜が訪れた。

その夜、運ばれてきた夕餉《ゆうげ》を見て、千代は目を丸くした。いつもより二回りは大きい膳《ぜん》の上には、ぎっしり器が並べられ、目を見張るようなごちそうが盛《も》りつけられていたのだ。小さなおひつまでつけられていた。

平八郎《へいはちろう》から膳《ぜん》を受けとりながら、千代《ちよ》はおずおずとたずねた。

「何かあったんですか？」

「ああ。夕方にな、義姉上《あねうえ》が赤子を産んだのだ」

「う、生まれたんですか？　今日？」

「そうだ。生まれたのは男の子だ。兄上の子とは思えないような、元気な男の子だ」

平八郎の顔は、なにやら複雑だった。いまいましそうでもあり、うれしそうでもある。

「父上は大喜びだ。なにしろ父上の初孫、兄上の跡継《あとつ》ぎの誕生《たんじょう》だからな。それに……十八年ぶりに無事に生まれた阿豪《あごう》の子だ。これは盛大《せいだい》に祝うしかないだろう」

と、扉《とびら》の向こうから楽しげな声が聞こえてきた。何人もの人間が、大声で歌ったり笑ったりしているようだ。平八郎が苦笑しながら教えてくれた。

「下人どもだ。やつらにも祝い酒をふるまってやったからな。さっそく浮《う》かれているらしい。まあ、今日のところは許してやるさ。おまえもゆっくり食え。今日のこの馳走《ちそう》も酒も、おまえの手柄《てがら》のようなものだからな」

そう言って、平八郎《へいはちろう》は出ていった。

千代《ちよ》は夕餉《ゆうげ》の膳《ぜん》を結界の中に運んだ。豪華《ごうか》なごちそうを見るなり、あぐりこははっとしたように息をのんだ。

「……ついに時が来たようだね」

「はい」

「そうか……千代。まずは腹ごしらえをしなさい。飯が残ったら、すべて握《にぎ》り飯《めし》にして、しまっておき」

「はい」

千代は食べはじめた。百合根《ゆりね》のだんご。鯛《たい》の煮《に》つけ。あんをからめた胡麻豆腐《ごまどうふ》。鹿肉《しかにく》のみそ焼き。ほかにも、千代が見たこともない食材を使った品が山ほど。

だが、千代は緊張《きんちょう》のせいで、味などほとんどわからなかった。本当は食欲すらなかったのだが、これからのことを考えて、無理やり口に詰《つ》めこんだ。

食事をすませ、残った飯を握り飯にしたあと、千代はふたたび結界の外に出て、格子戸《こうしど》のぎりぎりのところに座りこんだ。そうして、かすかに聞こえてくる宴《うたげ》の騒《さわ》ぎに耳を澄《す》ませた。

騒ぎはなかなかおさまらなかった。男たちの大声や女たちの笑い声。楽しげな手拍子《てびょうし》。笛や太鼓《たいこ》の音。そんなものが延々《えんえん》と続いていく。

千代《ちよ》はだんだん不安になってきた。

もしかしたら、阿豪《あごう》一族は千代がしたことに気づき、あの角樽《つのだる》に入っていた酒を全部捨ててしまったのかもしれない。そういえば、あのこぼれた酒はちゃんとふいておいただろうか？ここに閉じこめられる前に、干してきた小袖《こそで》。あれについた酒の匂《にお》いをかぎつけられてしまったのでは？

あとからあとから、気がかりなことが思い出されてきた。もっと用心すればよかったと、いまさらながらに思った。もしも今夜、阿豪一族と屋敷《やしき》の者たちがあの酒を飲まなかったら、すべては無駄《むだ》になってしまうのだ。

どうかちゃんと飲んでいてくれと、千代はやきもきしながら待ちつづけた。そしてようやく、徐々《じょじょ》に騒《さわ》ぎが聞こえなくなってきたことに気づいた。

はっとして、いっそう耳をそばだてた。気のせいなどではなかった。たしかに静けさが広がりはじめている。

いよいよだと、千代は結界にもどった。あぐりこはきちんと正座し、千代の知らせを待っていた。

「そろそろか、千代《ちよ》？」

「はい。眠《ねむ》り薬《ぐすり》がやっと効《き》いてきたみたいです」

「そうか。いよいよだな」

あぐりこの目もぎらりと輝《かがや》いた。

千代が祝い酒に盛《も》った眠り薬は、すぐには効き目はあらわれない。そのかわり、一度眠りについたら、めったなことでは目を覚ませなくなる。

今、あの酒を飲んだ者たちは、その眠りの中に入りつつあるのだ。

うれしさで顔を火照《ほて》らせている千代に、あぐりこは静かに言った。

「千代。そなたの袖《そで》をお貸し」

「えっ？」

「いいから、早く」

うながされ、千代は小袖《こそで》の袖を差しだした。あぐりこは針と糸を手にすると、手早く袖の中に毒消しの丸薬を縫《ぬ》いこんだ。

「あぐりこ様？」

「こうしておけば、めったなことではなくさないだろうからね」

「でも、どうしてです？」

千代《ちよ》にはわけがわからなかった。

「あぐりこ様が注連縄《しめなわ》の外に出たら、使うものでしょう？　すぐ使うものを、どうしてわざわざ縫《ぬ》いこむんです？」

あぐりこは笑った。

「そうか。言っていなかったね。千代、結界を越《こ》えても、すぐにはわしに毒消しを飲ませないでほしいのだ」

「えっ？　ど、どうしてですか？」

あぐりこの顔が暗い笑《え》みに染《そ》まった。

「千代。この辺り一帯は、阿豪《あごう》一族の気配で穢《けが》れてしまっている。そして、わしは阿豪のすべてを憎《にく》んでいる。その憎しみもまた穢れだ。この地で毒消しを飲んでも、もしかしたら効き目《きめ》がないかもしれないのだよ」

「そ、そんな……」

「だから、もっと澄《す》んだ清い空気が必要なのだよ。千代、どこか人気のない山奥《やまおく》か深い森の中で、わしに薬を飲ませておくれ。木々や土や水の力が、きっとわしをよみがえらせる手助けをしてくれよう」

「で、でも、あぐりこ様をそんなところまで運べるかどうか……」

「大丈夫《だいじょうぶ》。わしは見た目よりもずっと軽いのだよ。体も小さいから、かさばらない。心配しなくていい」

いたずらっぽく笑ってみせ、あぐりこは毒薬を口に運ぼうとした。その手に、千代《ちよ》は思わず飛びついた。ここに来て、急に怖《こわ》くなってしまったのだ。

「ま、待ってください、あぐりこ様！　これを飲んだら、もしかしたら本当に死んでしまうかもしれないんでしょう？」

「ああ。その危険はある。狐《きつね》ころりの毒は強烈《きょうれつ》だ。生き返るか、それとも本当に死ぬか。勝負は五分と五分だろう」

その言葉に、千代はますます震《ふる》えあがった。

「ほ、本当にそれでいいんですか？　死んでしまったら、元も子もないじゃありませんか！　もっと安全な方法が見つかるかも！　それを待ちませんか？」

すっかり血の気を失っている千代の頬《ほほ》を、あぐりこはそっとなでた。

「そなたがわしのことを心配してくれるのはうれしいよ、千代。だが、わしはもう待つのはうんざりなのだ。これは、やっとめぐってきた機会なのだ。それを逃《のが》すわけにはいかないよ」

「でも！」

「千代《ちよ》」

あぐりこはやんわりと千代の言葉を封《ふう》じこんだ。

「わしは九十年もここに閉じこめられている。閉じこめられるのは、もうたくさんなのだ。たとえ、うまくいかなかったとしても、わしは後悔《こうかい》はしないよ。ああ、後悔などするものか。少なくとも、もう二度とこの檻《おり》にもどらずにすむのだから」

だからと、あぐりこは晴れやかに言葉を続けた。

「わしが息を吹《ふ》き返《かえ》さなくとも、泣かないでおくれ、千代。わしは自由になれたのだと、そう喜んでおくれ」

そう言って、薬を口に運びかけたあぐりこだったが、ふたたび手をおろした。

「そうだ。あとで言えるかどうかわからないから、今言っておこう」

心にしみとおるような声で、ありがとうと、あぐりこは言った。

「そなたには本当に感謝している。いや、そんな言葉ではとても言い表せない。ありとあらゆる言葉をつらねても、わしのこの思いを表すことはできないだろうね」

「あぐりこ様……」

「成功を祈《いの》っておくれ、千代《ちよ》。……またあとで会おう」

そう言って、あぐりこはついに薬を口に入れた。

すぐさま変化は起こった。

「うぐぅふうううううっ！」

異様なうめきをあげて、あぐりこは腹を押《お》さえて倒《たお》れた。続いて口から緑の泡《あわ》を吹《ふ》き、激しくのた打ち回りはじめた。その姿を、千代は見ていられなかった。

目をしっかりとつぶり、自分の体を抱《だ》きかかえながら、千代はすべてが終わるのを待った。

あぐりこの苦しみは長く続いた。恐《おそ》ろしい唸《うな》りと、がりがりと床《ゆか》に爪《つめ》を立てる音が、千代の耳をかきむしった。

『ああ、終わって。早く終わって！』

ひたすら祈りつづけた。

もしかしたら、気を失っていたのかもしれない。ふと気づいたとき、辺りは静けさに包まれていた。

千代は恐《おそ》る恐《おそ》る顔をあげた。

あぐりこが倒《たお》れていた。半開きとなった口のまわりやあごは緑の泡《あわ》で汚《よご》れ、顔色は紙のように白くなっている。開いた目はうつろで、なんの光も宿してはいなかった。

なんて恐《おそ》ろしくて、なんて悲しい姿なんだろう。

千代《ちよ》はがちがちと震《ふる》えながら手を伸《の》ばした。ところが、指先があぐりこに届く前に、すうっと、その姿が薄《うす》れはじめたのだ。

「あぐりこ様！」

飛びつく千代の目の前で、あぐりこの姿は消《き》え失《う》せた。

「ああっ！」

だめだったのだ。あぐりこは本当に死んでしまったのだ。

一瞬《いっしゅん》、涙《なみだ》があふれかけた。が、なにやら小さな毛の塊《かたまり》のようなものが、あぐりこが消えたところに残っていることに気づいた。

千代は震える手で、それをすくいあげた。

それは栗鼠《りす》よりも小さな、赤毛の狐《きつね》だった。だらりと口から青黒い舌がたれ、四肢《しし》は石のようにこわばり、命の気配はかけらもない。

たしかに死んでいた。

涙《なみだ》が出そうになるのを必死でこらえ、千代《ちよ》は狐《きつね》ののど元を見た。のどには細い鉄輪がきつく食いこんでいて、なんとも痛々しい。

今ならこの輪をはずすことができるかもしれないと、千代は指を伸《の》ばした。しかし、あぐりこが生きていたころと同じように、輪は千代の指をすりぬけ、ふれることはできなかった。

千代はあきらめ、狐をそっと懐《ふところ》に入れた。それから自分で編んだ布《ぬの》のぞうりをはき、用意しておいた小さな荷を肩《かた》から下げ、黒注連縄《くろしめなわ》の前に立った。

これまで何百回とくぐってきた注連縄の下。いつものように通しておくれと、千代は祈《いの》りをこめながら一歩踏《ふ》みだした。

とたん、これまでに感じたことのない力を感じた。なぜか体を前に進めることができなかった。まるで、見えない膜《まく》のようなものが自分の前に張られ、体を押《お》しもどしてくるような感じだ。

なにくそと、千代はふんばった。ここであきらめてなるものか。

渾身《こんしん》の力をこめて、千代は前に進もうとした。じりじりと、かたつむりのようにゆっくりとだが、体が前へ向かっていく。

ふいに、抵抗《ていこう》が消えた。

「うわっ！」

千代《ちよ》は勢いあまって、つんのめった。転ばないために、あわてて足を動かした。二歩、三歩、四歩……。と、どかっと、頭を何かにぶつけてしまった。

頭を押《お》さえながら、千代は前を見た。太い、堅《かた》い木の格子《こうし》の壁《かべ》が、そこにあった。ふり返れば、注連縄《しめなわ》は後ろにある。

と、注連縄が突然《とつぜん》はずれた。あちこちでぶつりと切れ、腐《くさ》った柿《かき》がぼとぼとと落ちるように、床《ゆか》へ崩《くず》れていく。髪《かみ》の毛《け》が焼けるような嫌《いや》な臭《にお》いがしたが、それもすぐに消えた。

注連縄が消えてしまうと、その奥《おく》にあった闇《やみ》もまた消えた。もはや、そこにあるのは、ただの部屋だった。なにもない、がらりと空《あ》いた小部屋があるだけだ。

あっけにとられていた千代だったが、ようやく我に返った。あわてて胸元《むなもと》をさぐった。あの小さな狐《きつね》は、ちゃんと懐《ふところ》に入っていた。そののどからは、忌《い》まわしい首輪が消えていた。

夢でも幻《まぼろし》でもない。あぐりこは結界を抜《ぬ》けだせたのだ。あぐりこを縛《しば》っていたすべての術は、消え失《う》せたのだ。

「やりました。やりましたよ、あぐりこ様《き》！」

思わず小声でささやいたが、狐は動かなかった。

千代《ちよ》はぐっと涙《なみだ》をこらえ、ふたたび狐《きつね》を懐《ふところ》に入れた。本当は、すぐにでも毒消しを飲ませたかった。だが、山や森の中で飲ませてほしいというあぐりこの言葉には、したがわなければならない。

まず外に出なくては。

千代は肩《かた》に下げた風呂敷包《ふろしきづつ》みの中から、小さなのみを取りだした。この日のために、ずっと前に納屋《なや》から盗《ぬす》みだし、離《はな》れに隠《かく》しておいたものだ。

千代は厠《かわや》の戸を開け、のみの先を厠の床板《ゆかいた》の隙間《すきま》に差しこんだ。音がしないように気をつけながら、板をはがしにかかる。

分厚い床板は堅《かた》く重たかったが、ついに一枚、はがすことができた。むわっと、悪臭《あくしゅう》が鼻に襲《おそ》いかかってきた。それを我慢《がまん》して、さらにもう一枚、板をはずした。それだけで、千代が抜《ぬ》けだすには十分な隙間ができあがった。

千代は明かりを下にやってみた。思った通り、たいした深さはない。それに二日前に汲《く》みとられたばかりなので、汚物《おぶつ》の量も少なかった。

そして奥《おく》のほうに、うっすらと光が見えた。汲みとり口から月光が差しこんでいるのだ。格子《こうし》のついた汲みとり口は、決して大きくはないが、千代くらいならなんとかくぐりぬけられそうだ。

千代《ちよ》は荷をしっかりと背にくくりつけ、着物の裾《すそ》をたくしあげると、大きく息を吸ってから厠《かわや》の中におりた。生温かい臭気《しゅうき》が自分を包みこむのがわかった。息をしないようにしても、目にしみてくる。

自分が踏《ふ》んでいるもののことを考えないようにしながら、千代はできるだけすばやく汲《く》みとり口のところに行き、取りつけられた格子《こうし》の間に、のみを差しこんだ。それから渾身《こんしん》の力をこめた。だが、足元がぬるぬるして、なかなかうまく力が入らない。

息が続かず、いったん空気を吸ってしまった。とたん、悪臭に力が抜《ぬ》けそうになった。が、汲みとり口の向こうから、わずかな風が吹《ふ》きこんできた。その風にすがりつくようにしながら、千代はとうとう格子をはずした。

まずあぐりこと荷を外に出し、それから自分もはい出した。途中《とちゅう》、肩《かた》のところでつまりかけたが、むちゃくちゃにもがいて、なんとかそこを通りぬけた。

そうして、千代は外に出た。

ひさしぶりに外の空気を吸ったとたん、千代はああっと息をついた。澄《す》んだ大気がおいしかった。それに、この解放感はどうだ。上を見れば、夜空には無数の星が輝《かがや》いている。その美しさが心にしみた。

だが、千代《ちよ》はすぐに我に返った。ぐずぐずしている暇《ひま》はない。屋敷《やしき》のほうをうかがってみると、びっくりするほど静かだった。屋敷の者たちはみな、死んだように眠《ねむ》りこけているのだろう。

千代は裏手の門へと走った。阿豪《あごう》屋敷は山の中腹にあるため、裏手の門を抜《ぬ》ければ、すぐに山の中に入れるのだ。幸いなことに、今夜は見張りもいなかった。

こうして、千代は山の中に駆《か》けこんだ。夜の山は真っ暗だったが、千代は気にならなかった。これまで閉じこめられていた結界の闇《やみ》のほうが、ずっと深かった。なにより空には星がある。その光は、千代には万のたいまつよりも明るく思えた。

遠くへ、一歩でも遠くへ。

千代は走りつづけた。

十三　よみがえり

東の空から白い光が広がり、辺りを明るく照らしはじめた。夜の獣《けもの》たちは朝もやの中に姿を消していき、かわりに小鳥たちが歌いだす。

そんな夜明けの森の中を、千代《ちよ》はよろよろと歩いていた。

千代は疲《つか》れはてていた。一晩中、ほとんど休みなく歩きつづけたので、もうくたくただ。足の裏はじくじくとしていて、ふくらはぎは石のようにこわばり、少し動かすだけでも痛みが走る。

匂《にお》い消《け》しのため、途中《とちゅう》で川に入ったのもまずかった。そのときに着物を濡《ぬ》らしてしまったのだ。濡れた裾《すそ》はずっしりと重く冷たく、足にからまって動きにくい。

もうこれ以上は歩けない。

ふらふらになって倒《たお》れかけたときだった。千代はすぐ目の前に、巨大《きょだい》な木が立っていることに気づいた。

吸いよせられるように、千代《ちよ》はその木に近づいた。

見れば見るほど立派な木だった。大人が十人手をつなぎあっても、この木を囲むにはまだ足りないだろう。木肌《きはだ》はまるで龍《りゅう》の鱗《うろこ》のよう。うねるように地面から盛《も》りあがった根は、木の生命力と古き年月を感じさせる。

そして、その根元にはぽっかりと穴が開いていた。のぞいてみると、人が寝転《ねころ》がれるくらいの広さがある。

千代は迷わず中に入った。うろの中はほのかに暖かく、土と木と苔《こけ》のいい匂《にお》いがした。

座りこみ、ああっと千代は息をついた。阿豪《あごう》の屋敷《やしき》を逃《に》げだしてからはじめて、気持ちが落ち着いた。なんだか木に守られているような心地だ。

ここでなら、あぐりこを目覚めさせることができるかもしれない。

千代は左の袖《そで》の端《はし》を破り、毒消しの丸薬を取りだした。それからあぐりこも。

小さな狐《きつね》を見て、千代は一瞬《いっしゅん》ためらった。本当はもっと山奥《やまおく》に行ったほうがいいのかもしれない。もっと空気の澄《す》んだ場所で毒消しを飲ませたほうが、効《き》き目《め》があるかもしれない。

『いや、だめだ』

これ以上は待てなかった。長引けばそれだけ毒が回り、手遅《ておく》れになるかもしれない。一刻も早く、あぐりこに毒消しを飲ませなくては。

千代《ちよ》は手の中の黒い丸薬を見つめた。女郎花《おみなえし》の根や熊柳《くまやなぎ》や赤松の皮といった、解毒《げどく》や血の流れを強める薬草で作った毒消し。

「どうかどうか、これが効《き》きますように!」

祈《いの》りをこめながら、千代は小さな狐《きつね》の口をこじあけ、薬を押《お》しこんだ。さらに、ひょうたんの水を口移しし、薬をのどの奥《おく》へと流しこむ。そのあとは、ひたすら手の中の狐を見つめつづけた。

大丈夫《だいじょうぶ》。毒を飲んでから、まだ半日も経《た》っていない。絶対にあぐりこは目覚めるはずだ。

千代は自分に言い聞かせた。

しかし、夜明けが来て、日が天高く昇《のぼ》るころになっても、なんの変化も見られなかった。小さな狐は息一つつかず、ただ千代の手の中に転がっているだけだ。

千代の中に、真っ黒な不安がふくれあがってきた。

千代はあぐりこを自分の胸に押しあて、必死で祈った。

「ああ。神様! 森の神様! どうか、あぐりこ様を助けてあげてください。あぐりこ様は九十年も閉じこめられていたんです。このまま死んでしまうなんて、あんまりです! どうかどうか助けてください。お願いだから、生き返らせて！　どうか！」

何度も何度も、そう祈《いの》った。祈っているうちに、涙《なみだ》があふれてきた。

苦しい。悲しい。胸の奥《おく》が不安でつぶれそうだ。

いつのまにか、周囲の音が消えていた。ただ、どくどくと、激しい鼓動《こどう》だけが聞こえる。自分は生きている。それを今ほど強く感じたことはなかった。

『この大きな鼓動が、あぐりこ様を黄泉《よみ》から呼びもどしてくれればいいのに！』

千代《ちよ》は激しく願った。恐怖《きょうふ》とせつなさのあまり、息をするのも忘れた。そして、そのまま、気を失ってしまったのだ。

気を失ってからも、鼓動は聞こえつづけた。暗闇《くらやみ》の中で、命の太鼓《たいこ》の音が、とぎれることなく力強くひびいていく。

そのうち、ぼんやりと光があらわれた。光は、下から放たれていた。

足元を見ると、川があった。熱く、豊かな金色の光の川が、千代を囲んで、とうとうと流れているのだ。

これは自分の川だと、なぜかそう思った。千代の中をめぐっている、千代だけの川。

そして、川の向こうには、あぐりこが倒《たお》れていた。

あぐりこはくすんでいた。命が涸《か》れ、かさかさに干《ひ》からびているように見える。そのまわりに、千代《ちよ》のような光の川はなかった。

あぐりこが今にも闇《やみ》に沈《しず》んでしまいそうに見えたので、千代は叫《さけ》んだ。

あぐりこ様に光を！

その瞬間《しゅんかん》、千代を囲んでいた川が輪を崩《くず》した。流れが一筋、裂《さ》けるようにそれたのだ。それた流れは蛇《へび》のようにするすると伸《の》びていき、あぐりこに向かっていく。

光の水が、あぐりこを包みこんだ。そのまま、ゆっくりとあぐりこの体にしみこんでいく。まるで、冷えた血を温め、止まっている心《しん》の臓《ぞう》をゆさぶっているかのようだ。

時間をかけて、千代の水はあぐりこにしみこまれていった。と、今度は、あぐりこの体の下に、ゆっくりと金色の水がわきだしてきた。こんこんと、まるで泉のように水はわき、あぐりこのまわりを取りかこむ川となっていく。

同時に、どくんどくんと、命の音がひびき始めた。それまで聞こえていたものとはちがう、もっとゆっくりとした鼓動《こどう》だ。

二つの鼓動が重なりあった。

ここで、千代は目を覚ました。一瞬《いっしゅん》、自分がどこにいるのか、わからなかった。

「……夢、だったの？」

だが、あれがふつうの夢とは思えなかった。聞こえつづけていた鼓動《こどう》も、光の川も、あぐりこの姿も、なにもかもはっきりと覚えている。まるで、実際にこの目で見たかのように。

あれは、なんだったのだろう？

ぼんやりとしていた千代《ちよ》だったが、ふいにはっとなった。手の中で何かがもぞもぞと動いたのだ。あわてて両手を開いた。

びくびくと、狐《きつね》の体が震《ふる》えていた。尾《お》がぱたぱたと動く。そうして大きな息をつくと、狐はゆっくりと目を開いたのだ。

小さな狐はしばらく目をしばたたかせていたが、千代に気づくと、ふっと口元をゆるませた。たしかに笑ったのだ。

「よかった……」

涙《なみだ》と笑いで顔をぐちゃぐちゃにしながら、千代はそっとあぐりこを自分の胸に押《お》しあてた。自分がどれほどうれしいか、それを少しでも伝えたくて。

しばらくそうしていたが、千代はふいにおかしいと思った。

「……どうして、もとの姿にもどらないんですか？　それに、どうして何も言ってくれないんです？」

苦笑したように、狐《きつね》は顔をゆがませた。

「そうか。まだ力がもどらないんですね？」

実際、あぐりこは起きあがるどころか、頭をもたげるのもおっくうそうだった。千代《ちよ》はうろの中に葉と草で寝床《ねどこ》をつくり、そこにあぐりこを寝かせてやった。

すぐにあぐりこは眠《ねむ》りはじめた。その安らかな寝顔を見たとたん、千代にも疲《つか》れと眠気が一気に押《お》しよせてきた。もう目を開けていられない。

千代はあぐりこのそばに丸まった。すぐに眠りがやってきた。


千代とあぐりこが眠りに落ちたころ、阿豪屋敷《あごうやしき》では平八郎《へいはちろう》が目覚めるところだった。

目覚めた平八郎は、「まぶたが重い……」と思った。まぶただけではない。体も頭も、ひどく重く感じた。まるで泥《どろ》でもからみついているかのようだ。

それでも、平八郎は起きあがり、庭に面した引き戸を開けた。さっと、明るい日差しが差しこんできた。

すでに日が中天にまで昇《のぼ》っているのを見て、平八郎は目を見張った。いままで、こんな時刻まで寝坊《ねぼう》したことなどない。それに、なぜこんなに体が重いのだろう。たしかに昨日は酒を飲んだが、あの程度で二日酔《ふつかよ》いになるとは思えない。

なにもかもが不思議で、不愉快《ふゆかい》だった。

「嫌《いや》な朝だな」

ぶつぶつとつぶやきながら、平八郎《へいはちろう》は台所に向かった。まずは千代《ちよ》に飯を運んでやらなければ。

入ってきた平八郎を見て、台所で働いていた女たちは凍《こお》りついた。こまきが恐《おそ》る恐《おそ》るあいさつをしてきた。

「へ、平八郎様。おはようございます」

「離《はな》れの膳《ぜん》は?」

「そ、それが……」

「まさか、まだできていないのか?」

ぎろっと平八郎はこまきを見、そして少しおどろいた。いつもはきちっとした格好《かっこう》をしているこまきが、今日はよれよれとして、なんとなくだらしない。

こまきだけでなく、女たちはそろってひどい顔をしていた。寝起きのように髪《かみ》はぼさぼさで、目もはれぼったい。

こまきは床《ゆか》につくほど頭をさげた。

「も、申し訳ありません。昨日の宴《うたげ》のせいか、みんなでそろって寝過《ねす》ごしてしまいまして。い、今つくっておりますから。もうしばらくお待ちを！　ほら、おまえたち。急いで！」

わたわたと女たちは働きはじめた。慌《あわ》ただしい足音や、器がかちかちぶつかりあう音が、ますます平八郎《へいはちろう》をいらだたせた。

ようやく膳《ぜん》が整った。

「で、できました！」

「ああ。次からは何があっても遅《おく》れるな」

平八郎は膳を持って、離《はな》れへと向かった。食事を運ぶなど、本来は下女のすることだが、しかたない。あぐりこのいる離れに、めったな者を近づけるわけにはいかないのだ。

そうわかっていても、平八郎は不満だった。離れに千代《ちよ》を閉じこめろといったのは、兄の陽一郎《よういちろう》だ。こうして膳を運んでいると、兄の言いなりになっているようで、おもしろくない。

「くそっ！　なぜ俺《おれ》がこんなことを！」

むかむかしながら、いつものように離れの扉《とびら》の錠前《じょうまえ》をはずし、平八郎は中の格子戸《こうしど》の前に立った。部屋の中に千代《ちよ》はいなかった。あぐりこのいる結界に入っているのだろうと、平八郎《へいはちろう》は声をかけようとした。

だが、声は出てこなかった。

「……っ！」

ない。あぐりこを閉じこめていた闇《やみ》の結界が消え、ふつうの部屋となっている。黒の注連縄《しめなわ》も、どこにもない。そしてなにより、あぐりこの姿がない。

結界が、破られた！　お守り様に逃《に》げられた！

頭の中が真っ白になった。

気がつけば、平八郎は格子戸《こうしど》を開け、中に飛びこんでいた。部屋中を走りまわり、言葉にならない唸《うな》り声《ごえ》をあげて、置いてあるものすべてをひっくり返した。火鉢《ひばち》、すずり箱、千代の着物が入った籠《かご》……。

「千代……？」

ようやく平八郎は我に返った。そうだ。千代はどこだ？　どこにいる？　離《はな》れの鍵《かぎ》はきちんとかかっていた。千代はまだこの中にいるはずだ。

平八郎の血走った目が、厠《かわや》の戸に向いた。

戸に駆《か》け寄《よ》り、がっと開いて、中に踏《ふ》みこんだ。とたん、ずぼっと、片足が落ちた。

「うおっ！」

体勢を崩《くず》し、平八郎《へいはちろう》は倒《たお》れてしまった。腰《こし》とわき腹をしたたかに打ちつけた。

「ううっ！」

歯を食いしばりながら、平八郎は床《ゆか》にはまった右足をなんとか引きぬいた。悪臭《あくしゅう》が鼻についた。足の先に少し汚物《おぶつ》がついてしまったようだ。あわてて足を床にこすりつけた。

いったい全体なぜ、こんなところに穴がある？　床板が腐《くさ》っていたのだろうか？

床をにらみつけた次の瞬間《しゅんかん》、痛みがさっと引いた。厠《かわや》の床板は、二枚はがされ、ぽっかりと隙間《すきま》ができていたのだ。

しばらく呆然《ぼうぜん》としていた平八郎だったが、やがて、その隙間が何を意味するかに気づいた。破られた結界、消えたあぐりこ、そして隙間の意味。三つのことが、ぴたりと合わさった。

とたん、かあっと頭に血がのぼった。

平八郎はさきほどひっくり返した籠《かご》に駆け寄り、小袖《こそで》を一枚取りだした。それから外に走りでた。

途中《とちゅう》、たきぎを運んでいた下男の吉次《きちじ》と出くわした。

「あ、若様。おは……ひっ！」

平八郎《へいはちろう》の鬼《おに》のような形相を見て、吉次《きちじ》は凍《こお》りついた。その吉次に、平八郎は吠《ほ》えた。

「犬丸《いぬまる》に、犬を全部出しておけと伝えろ！　それから俺《おれ》の馬もだ！」

「へ、へえ」

「急げ！　ぐずぐずするな！　俺がもどったとき、今言ったものが準備されてなかったら、そのまぬけ頭を握《にぎ》りつぶすぞ！」

ぴょんと、吉次は飛びあがり、たきぎを放り捨てて風のように走っていった。

平八郎も自分の部屋に走った。腹の中は煮《に》えくり返《かえ》っていた。怒《いか》りのせいか、すべてのものが赤く染《そ》まって見えるほどだ。

小娘《こむすめ》め。恩知《おんし》らずな小娘め。さんざんよくしてやったのに。ちくしょう！　狩《か》ってやる。あ、狩ってやるぞ、裏切り者め。お守り様はもちろん生《い》け捕《ど》りだ。だが、千代《ちよ》のほうは、そんなものではすまさない。阿豪《あごう》をこけにしたらどうなるか、思い知らせてやる！

部屋にもどると、動きやすい狩装束《かりしょうぞく》に着替《きが》え、愛用の刀と弓矢をつかみとった。

身支度《みじたく》を終えると、平八郎はすぐさま庭に出た。平八郎の脅《おど》しがよほど効《き》いたのだろう。下男たちは、言われたことをすべてやってのけていた。平八郎の愛馬には鞍《くら》と手綱《たづな》がしてあり、引きだされた十四匹《びき》の犬たちは興奮《こうふん》したように吠《ほ》えていた。

平八郎《へいはちろう》は千代《ちよ》の小袖《こそで》を犬丸《いぬまる》に渡《わた》した。

「こいつを犬どもにかがせろ」

いつもなら黙《だま》ってしたがう犬丸だが、小さな小袖を見て、少し顔色を変えた。もそもそと聞き返してきた。

「若様、これは人の持ち物だ。……ほんとにかがせていいんですか？」

「いいんだ！　早く言う通りにしろ、こののろまめ！」

怒鳴《どな》りつけられ、犬丸はためらいがちに犬たちに小袖を差しだした。犬たちは、すぐさま熱心にかぎはじめた。

「そうだ。しっかりかげ。おまえたちの獲物《えもの》の匂《にお》いだ。しっかり覚えろ。見失うなよ」

犬たちが匂いを覚えると、平八郎は馬にまたがった。

と、またしても犬丸がたずねてきた。

「若様。どちらへ？」

「狩《か》りだ！　逃《に》げた二匹の子狐《こぎつね》を追う。父上には、夕暮れまでにはもどると伝えろ！」

「……お供は？」

「いらん！　俺《おれ》一人で十分だ！」

平八郎《へいはちろう》は獰猛《どうもう》に笑った。オンオンという犬どもの吠《ほ》え声《ごえ》が、ますます体の血をたぎらせていた。

これはいい機会だと、ふと思った。

今度こそ俺を認めさせてやる。病弱な兄上よりも、俺のほうがずっと役に立つということを、父上に証明してやる。お守り様と千代《ちよ》をつかまえてな。だれの手も借りない。俺だけでやりとげてみせる！

「門を開けろ！　犬どもを放て！」

狩《か》りが始まった。

十四　追っ手

夢の中で、千代《ちよ》は真っ白な霧《きり》の中にいた。見覚えのある霧だなと思っていると、名を呼ばれた。

ふり向けば、笑顔《えがお》のあぐりこが立っていた。

「あぐりこ様！」

「千代！　よくやってくれたね！」

二人はひしと手と手を取りあった。

しばらく喜びをかみしめたあと、「これからどうしますか？」と、千代はたずねた。

外には出られたが、まだまだ安全というわけではない。阿豪《あごう》の手が絶対に届かない場所に行かなければ意味がないと、千代はわかっていた。

あぐりこもうなずいた。

「わかっている。阿豪が追ってくることは、火を見るよりもあきらかだからね。だから、千代。

わしとともに阿久利森《あぐりもり》に行こう。あそこなら安全だ。わしも、そなたも」

「……いっしょに行ってもいいんですか？」

千代《ちよ》はおずおずと聞き返した。神霊《しんれい》が住まうという森に、人間である自分が行ってもいいのだろうか？

気後《きおく》れしている少女に、あぐりこは大きくうなずきかけた。

「もちろんだ。森に住まうあらゆる眷族《けんぞく》の方々にお願いして、そなたを森に入れてもらう。森に着いたら、今度はわしが守るから。約束するよ、千代」

千代はぱっと顔を輝《かがや》かせたが、すぐに一つの不安が浮《う》かびあがってきた。

「阿久利森はどのくらい遠いんですか？」

「そうだね。そなたの足では七日か八日かかるかもしれない」

「七日か八日……」

千代は恐怖《きょうふ》をおぼえた。追われる者にとっては、恐《おそ》ろしく長い時間だ。

あぐりこも、それはわかっているのだろう。唇《くちびる》をかんだ。

「わしが力を取りもどしていれば、阿豪《あごう》の追っ手など恐れることはないのだが。今はこのとおり、夢の中でそなたに話しかけるのが、やっとのありさまだからね。森にたどりつくまでは、本気で追っ手から逃《に》げねばならないだろう」

「力が、出ないんですか？」

千代《ちよ》の問いに、あぐりこはかすかに笑った。

「死《し》の淵《ふち》から引き返すには、わしのすべての力を振《ふ》りしぼらなければならなかった。力が涸《か》れてしまっても当然だよ。むしろ、こうしてそなたと夢の中で話せるのが不思議なくらいだ。ふつうなら……」

ふいに、あぐりこは言葉を切り、何か重大なことに気づいたかのように、うっすら青ざめた。それを見て、千代は不安にかられた。

「ふつうなら？　なんですか？」

「いや……こうして夢の中で話せるのも、千代がわしに毒消しを飲ませてくれたおかげだ。そう言いたかったのだよ」

とってつけたような言葉に聞こえたが、千代は問いつめなかった。ほかに聞きたいことがあったからだ。

「……まさか、ずっとそのままってことはないですよね？　その、力を失ったままってことは？」

「それは心配ない。阿久利森《あぐりもり》にもどれば、わしの力ももどる。わしは阿久利森の子。森の土地から力をあたえられているものだから。……とにかく阿久利森だ。森に行けば、すべて解決する」

「はい」

「では、そろそろ目を覚ますとしよう」

あぐりこがそう言って姿を消すのと、千代《ちよ》が目覚めるのとは同時だった。

まぶたを開くと、かたわらに寝転《ねころ》がっている小さな狐《きつね》が目に入った。こちらもちょうど目を覚ますところだった。

あぐりこに笑いかけ、千代は起きあがろうとした。とたん、「ううう っ！」と、うなった。

全身に鈍《にぶ》い痛みが走ったのだ。

渾身《こんしん》の力をこめて、上半身を起こしにかかった。体のあちこちがぎしぎしと音をたてた。腕《うで》も足も、石のように重く、しびれてしまっている。

ようやく起き上がった千代に、あぐりこが腹ばいになったまま鳴きかけてきた。しきりに荷物のほうを見ている。

「え？　なんですか？」

千代《ちよ》が荷物を広げると、握《にぎ》り飯《めし》の入った包みが転がりでてきた。あぐりこがふたたび鳴いた。腹ごしらえをしろと言っているのだ。

握り飯を見たとたん、千代は自分がどんなに空腹だったかに気づいた。

「あぐりこ様も食べますか？」

かぶりを振《ふ》り、あぐりこはうろの入り口のほうに目を向けた。そこから差しこんでくる光や風を、ものほしそうに見つめる。

千代はあぐりこを抱《だ》きあげ、入り口近くの地面に置いてやった。光や風を受けて、あぐりこは目を細めた。まるで、ごちそうを食べているかのように、満足そうだ。

千代は三つある握り飯のうち、一つだけ取りだした。この先、そうそう食べ物が見つかるとは限らない。食料はできるだけ大事にしたほうがいいだろう。

残りをていねいに包んで荷にもどすと、千代は握り飯にかぶりつこうとした。だが、口元まで運んだところで、突然《とつぜん》、なんともいえないむかつきに襲《おそ》われた。

食べられない。こんなもの、食べたくない！

思わず、握り飯を投げ捨てそうになった。このときだ。鋭《するど》い視線を感じた。

あぐりこがこちらを見ていた。その目はぎらぎらと燃えていた。

食べろ。食べなければ許さない。

あぐりこの迫力《はくりょく》に逆《さか》らえず、千代《ちよ》は激しいむかつきを我慢《がまん》して、握《にぎ》り飯《めし》を口に入れた。一口食べたとたん、むかつきが消えた。嘘《うそ》のように、すっと消え去ったのだ。

『いったい……今のはなんだったんだろう?』

だが、あれこれ考える前に、空腹がもどってきた。

千代は夢中で食べはじめた。握り飯は冷たく硬《かた》くなっていたが、どんなごちそうよりもおいしく感じられた。

握り飯をたいらげ、ふうっと、千代は満足のため息をついた。腹がくちくなったせいか、気分がよくなり、体にも力がわいてきた。

あぐりこを抱《だ》いて、千代はうろから出た。外に出てみると、まだ日は高かった。

千代が「阿久利森《あぐりもり》はどっちですか?」とたずねると、あぐりこは西のほうを向いた。

小さな狐《きつね》を懐《ふところ》に入れ、千代は西へと歩きはじめた。どうやらあぐりこは、阿久利森のある場所がちゃんとわかるらしい。千代が少しでもちがう方向に足を進めそうになると、千代の胸《むな》元《もと》を軽く引っかいては、行き先を正すのだ。

そうして二人は、どんどん森の奥《おく》へと入っていった。

森は美しかった。木々は思う存分枝《えだ》を広げており、葉の鮮《あざ》やかさが目にまぶしい。見上げれば、木漏《こも》れ日《び》が砂金のようにふりそそいでいる。手を伸《の》ばせば、すくいとれそうなほどだ。

それに、森の大気の甘《あま》いことといったら。千代《ちよ》もあぐりこも、何度も息を吸いこんだ。そうすると、体の隅々《すみずみ》にまで大気がしみわたり、体にたまっていたいやなものが、清められていくような気がした。

「あぁ……」

生き返るような心地に、千代がため息をついたときだった。がりっと、あぐりこが千代の胸元《むなもと》を引っかいた。これまでとはちがう、強い引っかき方だった。

「いたっ！　な、なんですか？」

千代が手を差しだすと、あぐりこはそこに飛びおりてきた。その体はぴんとこわばり、目は今にも飛びださんばかりに見開かれていた。千代は息をのんだ。

「追っ手ですか？」

あぐりこがうなずくなり、千代は走りだしていた。疲《つか》れや足の痛みなど、一瞬《いっしゅん》で吹《ふ》きとんだ。とにかく逃《に》げなければ。絶対につかまるわけにはいかないのだ。

だが、しだいに犬の声が聞こえはじめた。

来る！　阿豪《あごう》が追ってきている！

恐怖《きょうふ》で口をふさがれて、息ができなくなった。

苦しくて、ついに千代《ちよ》は倒《たお》れてしまった。ぜえぜえと、あえぎながら、千代は泣いた。もうだめだ。ここでつかまって、殺されてしまうのだ。

このとき、鋭《するど》い声があがった。

「えっ？」

顔をあげると、あぐりこが地面をはっていた。向かっている先には、放りだされた千代の荷物がある。

あぐりこが何かを教えようとしている。

千代は急いで荷を取った。中に入っているのは、本当にわずかなものだ。握《にぎ》り飯《めし》の包み。干《ほし》飯《いい》の入った袋《ふくろ》。水を入れたひょうたん。てぬぐい。小刀。火打石。そして小さな紙包み。

はっと、千代は紙包みをつかみとり、中身を取りだした。赤みがかった茶色の丸薬がいくつか出てきた。どんぐりほどもある大きな丸薬からは、目鼻につーんとくる臭《にお》いが立ちのぼってくる。

そうだ！　これがあった！

千代《ちよ》はすぐさま火打石をつかみとり、近くにあった枯《か》れ草《くさ》の上で石を打ち合わせはじめた。石と石とがぶつかりあうたびに、弱々しい火花が散ったが、なかなか草につかない。そうこうする間も、犬の吠《ほ》え声はどんどん近づいてくる。

急げ、急げ！

焦《あせ》れば焦《あせ》るほど火はつきにくく、千代は冷《ひ》や汗《あせ》をしたたらせた。

「つけ！　つけったら！」

ついには叫《さけ》びながら、石を無茶苦茶に打ち合わせた。

ようやく小さな火がついた。つめの先ほどもない小さな炎《ほのお》。千代は必死でその火を守ろうとした。これが消えてしまったら、もう望みはない。

乾《かわ》いた小枝《こえだ》や草を手当たりしだいつかみ、慎重《しんちょう》に火に足し、息を吹《ふ》きかけていった。

やがて、たき火ができあがった。これでしばらくは消えないはずだ。

千代は自分の懐《ふところ》の奥《おく》に、あぐりこを入れた。あぐりこが中でしっかりと丸くなるのがわかった。

さらに、自分の鼻と口をてぬぐいでおおったあと、千代は先ほどの丸薬を一粒《つぶ》、炎の上にそっと置いた。

たちまち黄色がかった煙《けむり》があがり始めた。もくもくとした重たい煙は、地面の上をはうように広がっていく。

それとともに、目と鼻をかきむしるような、強烈《きょうれつ》な臭《にお》いがあふれだした。あぐりこが入った懐《ふところ》をかばいながら、千代《ちよ》は走りだした。そうして走りながらも、耳だけはそばだてていた。

やがて願っていたとおりのことが起きた。すぐ後ろまで迫《せま》ってきていた、オンオンという勇ましい吠《ほ》え声《ごえ》。それが突然《とつぜん》、ギャンギャンという悲鳴へと変わったのだ。

『やった！　やったんだ！』

追っ手の犬たちは、あの煙を吸いこんだのだ。千代でさえ、苦痛に感じた臭いだ。犬にとっては、それこそ拷問《ごうもん》のような苦しみだろう。これでしばらくは追ってこられないはずだ。

しかし、ほっとしたのも束《つか》の間《ま》、千代の心《しん》の臓《ぞう》は凍《こお》りついた。後ろから獣《けもの》の咆哮《ほうこう》にも似た声があがったのだ。それはくり返し千代の名を叫《さけ》んでいた。

「女狐《めぎつね》め！　ずるがしこいちびの女狐め！　千代！　俺《おれ》は必ず追いつくぞ！　あははははっ！　逃《に》げろ逃げろ！　おまえたちが逃げれば逃げるほど、俺の楽しみは増すんだ！　待っていろ、千代！　お守り様にも、すぐに阿豪家《あごうけ》におもどりいただくからな。楽しみにしていろ！　あは

ははは っ！」

千代《ちよ》は夢中で走った。犬たちはしばらくは使い物にならない。そうわかっているのに、足が止まらなかった。

この狂《くる》ったような叫《さけ》びから、少しでも遠ざかりたい。

その一心で、千代は走りつづけた。

十五　影者《かげもの》

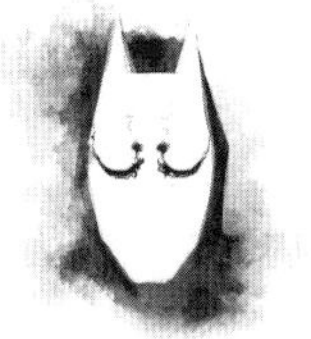

どっかりと、平八郎《へいはちろう》は倒木《とうぼく》に腰《こし》をおろした。これ以上はどうあっても動けなかった。食べ物と眠《ねむ》りを求め、体が悲鳴をあげている。

平八郎のまわりでは、犬たちがへたりこんでいた。その体は痩《や》せ、傷つき、つややかだった毛並みも無残なものとなっている。ぴすぴすと、哀《あわ》れっぽく鼻を鳴らす様子が、平八郎をいらだたせた。

といっても、怒鳴《どな》りつける力は残っていなかった。

この二日間、ほとんど眠らずに森を進み、逃《に》げた千代《ちよ》とあぐりこを追った。若さと怒《いか》りにまかせた、がむしゃらな追跡《ついせき》だった。馬も乗り捨ててしまっていた。途中《とちゅう》で泡《あわ》を吹《ふ》いて、どんなに鞭打《むちう》っても動かなくなってしまったからだ。

あのときは、「役立たずめ!」と馬をののしった平八郎だったが、今は自分が泡を吹きそうだった。腹は減り、体も節々が痛む。

だが、怒《いか》りは燃えたぎる一方だった。

『まさか、ここまでしてやられるとは……くそっ！』

この二日の間に、犬たちは何度も獲物《えもの》の匂《にお》いをかぎつけ、追いつめた。が、毎回、あと一歩のところで逃《に》げられた。追いつめるたびに、ひどい悪臭《あくしゅう》の煙《けむり》が平八郎《へいはちろう》たちの前に立ちふさがったからだ。

「くそっ！」

ののしりながら、平八郎は袋《ふくろ》を手に取った。ともかく何か腹に入れなければ。

下人たちが気を利《き》かせ、馬の鞍《くら》に食料袋《しょくりょうぶくろ》をつけておいてくれたのだ。これがなかったら、さすがの平八郎も今ごろ音をあげていただろう。

平八郎は火をおこし、袋に入っていた餅《もち》をあぶって、がつがつ食べた。量はたっぷりとはいかなかったが、足りない分は水を飲んで、腹をふくれさせた。

そうすると、ようやく気分が落ち着いてきた。目の前のたき火を見つめながら、平八郎はこれからのことを考えた。

お守り様はまちがいなく千代《ちよ》とともにいるだろう。だから、まず千代を捕《と》らえればいい。千代を人質《ひとじち》にすれば、あぐりこはこちらの言いなりになるはずだ。

かんたんなことだった。そのかんたんなことが、どうしてうまくいかないのか、平八郎《へいはちろう》には不思議でしかたなかった。

『落ち着け。落ち着くんだ』

焦《あせ》りと歯がゆさを必死でなだめながら、平八郎は考えつづけた。

とにかく、がむしゃらに追うのではだめだ。やつらは、こざかしい手をほかにも用意しているにちがいない。それに、今度あのいまいましい煙《けむり》を吸いこんだら、犬たちの鼻は完全に利《き》かなくなってしまうだろう。くそ！　あの煙め！

悔《くや》しさがふたたびこみあげてきて、がりっと指先を噛《か》んだときだった。

「阿豪《あごう》の若君……」

突然《とつぜん》、かすれた声が呼びかけてきた。

ふり向いて、平八郎はぎょっとした。すぐ後ろに、五人の人影《ひとかげ》がぼんやりと浮《う》かびあがっていたのだ。犬たちが唸《うな》りをあげたが、影がしゅっと鋭《するど》い舌打ちをたてると、おとなしくなってはいつくばった。

「だれだ！」

平八郎が怒鳴《どな》ると、彼《かれ》らはすっと近づいてきた。たき火の明かりが彼らの顔を照らしだした。

「おまえたちは……」

彼《かれ》らに顔はなかった。のっぺりとした白い不気味な面で、隠《かく》されてしまっているのだ。全身黒ずくめで、頭も黒い頭巾《ずきん》でおおっているので、その白い面だけが、闇《やみ》の中に浮《う》かんでいるように見えた。

彼らは、影者《かげもの》とよばれる一族だった。どこの領地にも属さず、金で雇《やと》われて、ひそやかな仕事をこなす者たち。影にひそみ、息をすることなく獲物《えもの》に忍《しの》びより、命を吸いとるといわれている。

これが初対面であれば、さすがの平八郎《へいはちろう》も悲鳴をあげていたことだろう。だが幸いなことに、彼らがかぶっている面に見覚えがあった。前に、父親から彼らを引きあわされたことがある。

「おまえもいずれ、こやつらを使うようになるだろう」と、言われて。

しかし、なぜ今、彼らがここにいるのだろう？

身構えている平八郎に、角のついた面をかぶった頭領の男が頭をさげた。

「阿豪《あごう》の殿《との》のご命令で、我ら、若の狩《か》りの手助けにまいりました」

「父上の、命令だと？」

「はい。若君がいまだにもどらないのは、狩りに手間取っているからだろうと申されて。それで、我らがつかわされることになりました」

「そうか。父上がおまえたちをよこしたか……」

平八郎《へいはちろう》の顔が複雑《ふくざつ》にゆがんだ。父の援軍《えんぐん》はありがたかったが、役立たずとののしられているような気もして、なんともいいたたまれなかったのだ。

「……俺《おれ》が追っているものについて、父上は何か言っていたか？」

「阿豪家《あごうけ》の宝を盗《ぬす》んで逃《に》げた小娘《こむすめ》、とおっしゃっておられた」

「そうか」

お守り様のことは知られていないのだと、平八郎はほっとした。

『このことは最後まで知られないようにしなければ。とにかく、こいつらが来てくれて、助かった。なんといっても、手だれだからな。こいつらに、千代《ちよ》とお守り様を追いつめさせよう。それからあとのことは、俺がやればいい』

平八郎が心の中でつぶやいたとき、頭領が声をかけてきた。

「犬たちの様子がひどいですな。いったい何があったのです？」

「……小娘が、妖術《ようじゅつ》のような煙《けむり》を使った。俺が追いつきそうになるたびにな。その煙を吸いこむと、犬どもは地面を転げまわって、まるで使い物にならなくなる。で、俺が犬どもをなだめている間に、小娘《こむすめ》は遠くに逃《に》げてしまうんだ。何度も何度も、同じ手を使われた」

頭領はうなずいた。

「では、犬どもはここに残していきましょう。これでは足手まといになる」

「しかし……それじゃ、どうやって娘を見つけだせば……」

影者《かげもの》たちはかすかに笑った。

「心配にはおよびません。犬がいらぬというのは、我ら自身が狩犬《かりいぬ》だからです」

「さよう。それに、相手はたかが小娘。足跡《あしあと》を消すすべも、気配を隠《かく》すすべも知りますまい。必ず捕《と》らえてみせます」

淡々《たんたん》と話す影者たち。その静かな様子が、逆に頼《たの》もしく思えた。

平八郎《へいはちろう》は目を輝《かがや》かせ、すぐにも追跡《ついせき》を始めようと叫《さけ》んだ。が、頭領はかぶりを振《ふ》った。

「そうしたいのは山々ですが、ここまで来るのに丸一日駆《か》けつづけたので、いささか我らも疲《つか》れています。今夜はこのまま休ませていただく」

「しかし、それでは娘に逃げられてしまうぞ！」

「いや。それはありますまい」

影者たちは落ち着いたものだった。

「夜目のきかぬ小娘《こむすめ》が、夜の森で動けるはずがない。そう遠くへは行けますまい。それに、若君もお疲《つか》れのご様子。肉などを持ってまいったので、ひとまずそれを食べて、明日のために力をおつけください。おい」

頭領が声をかけると、影者《かげもの》たちはすぐさまたき火を大きくし、持ってきた肉や餅《もち》などをあぶり始めた。

平八郎《へいはちろう》はしかたなく火のそばに座りこんだ。休みをとらないかぎり、この男たちは動かない。そうわかったのだ。それに、一人ではなくなったことは、正直ありがたかった。ほっとした気持ちになってくる。

と、隣《となり》に座った頭領が、小さな絹袋《きぬぶくろ》を差しだしてきた。

「忘れておりましたが、若の兄君《あにぎみ》からこれを預かってまいりました」

「兄上から？」

「はい。かのものを捕《と》らえるときに使えと。使い方はわかっているはずと。それだけをおっしゃっておられた」

平八郎は袋を受けとり、さっそく中身を取りだした。

出てきたのは古そうな数珠《じゅず》だった。黒い木の玉を連ねただけの素朴《そぼく》なものだったが、平八郎ははっとした。

あぐりこを捕《と》らえるために使われた数珠《じゅず》だ。平八郎《へいはちろう》の先祖たちが、呪術師《じゅじゅつし》に作らせたもの。阿豪家《あごうけ》の家宝として伝わってきたものだ。

平八郎の顔から、それまでの焦《あせ》りがきれいに消えた。

もう大丈夫《だいじょうぶ》だ。父は援軍《えんぐん》をよこしてくれた。お守り様を捕らえるための数珠も手に入った。もう決して逃《に》がしはしない。万に一つも、千代《ちよ》たちに勝算はなくなったのだ。

平八郎はにっと笑った。

次こそはしとめてやる。


かりかりと頬《ほほ》を軽く引っかかれ、千代はうなった。体はくたくたで、眠《ねむ》くてたまらなかった。とても起きられそうにない。

しかし、引っかきはやまなかった。それどころか、だんだんと強くなってくる。無理やり目を開いてみると、小さな狐《きつね》がこちらをのぞきこんでいた。

「あぐりこ様……もう少し寝《ね》てはだめですか？」

だめだと、狐はせわしなくかぶりを振《ふ》った。

しかたなく千代《ちよ》は身を起こした。とたん、鈍《にぶ》い痛みと重たい疲《つか》れが、ぐわっと全身にのしかかってきた。

「うつぅぅぅっ！」

体だけでなく、のどと目もぴりぴりした。昨日、目鼻殺しの煙《けむり》を少し吸いこんでしまったせいだ。

この二日間、何度も平八郎《へいはちろう》に追いつめられ、そのたびに目鼻殺しの丸薬を使った。おかげで、今日まで逃《に》げのびることができたのだが……。

その丸薬も、もう使いきってしまった。次に追っ手が迫《せま》ってきたら、どうやって逃げようか。

不安をかかえたまま、千代は体をほぐし、わずかな干飯《ほしいい》を口にした。それから、あぐりこを肩《かた》に乗せ、ふらふらと歩きはじめた。

千代の足は、ふともももからつま先にいたるまで、痛まないところはなかった。足の裏は千本の針を刺《さ》されるように痛んだし、膝《ひざ》は砕《くだ》けそうだ。ふくらはぎなど、今にも骨から肉がはがれてしまいそうな気がする。

（ああ、休みたい！　少しでいいから休みたい！）

千代は焼けつくように思った。しかし、決して立ち止まろうとはしなかった。わずかな休息が命取りになると、わかっていたからだ。

あと一歩進めば、阿久利森《あぐりもり》が見えるかもしれない。

その思いを力に変えて、千代《ちよ》は一歩、また一歩と進みつづけた。

だが、別の苦しみが、千代を襲《おそ》いはじめた。

飢《う》えだ。

千代は唇《くちびる》をかんだ。食料は、さっきの干飯《ほしいい》で最後だった。もっと食料を用意しておけばよかったと、後悔《こうかい》したが、いまさらどうしようもなかった。

食べ物のことを考えないようにしながら、千代は歩を進めた。大丈夫《だいじょうぶ》だと、自分に言い聞かせた。二日くらい食べなくたって、水さえあれば死ぬことはない。

『大丈夫。……あたしは大丈夫。強いんだから。あたしが、あぐりこ様を守るんだから』

心の中でうわごとのようにつぶやきながら、千代は歩きつづけた。

しかし、ついに恐《おそ》れていたことが起きた。オンオンと、いやというほど聞きおぼえのある声が、遠くからあがったのだ。

歯を食いしばり、千代は走りだした。が、どうやっても足を速く動かすことができなかった。もどかしくなるほどののろさだ。

これではすぐに追いつかれてしまうと、千代《ちよ》はつばをのみこんだ。

しかし、今日の追っ手はこれまでとは様子がちがった。たしかに犬の声はひっきりなしに聞こえてくる。だが、近づいてくる様子がないのだ。一定の間隔《かんかく》をおいて、彼《かれ》らは千代たちのあとについてきていた。

つかずはなれずついてくる追っ手。それがまた恐《おそ》ろしかった。

まずい。このままでは絶対にまずい。なんとかして犬の鼻をごまかさなければ。

目鼻殺しがない今、匂《にお》いを断つ方法は一つしかない。千代は叫《さけ》んだ。

「あぐりこ様！　川はどっちですか！　わかるなら教えてください！」

川がないなら、湖でも沼《ぬま》でもなんでもいい。とにかく、少しでも匂いを消せる場所に行かなければ。

千代の叫びに、あぐりこは左を示した。そちらに向かって、千代は走った。

急げ！　急げ！

やがて、千代の耳に水音が聞こえてきた。ごうごうという、地鳴りにも似た音。川が近いと、千代は足に力を入れた。

そうして大きな茂《しげ》みを抜《ぬ》ければ、そこは長い急斜面《きゅうしゃめん》となっており、川はその下に流れていた。

かなり幅広《はばひろ》の川だった。流れる水は青緑色に光り、まるで一匹《ぴき》の大蛇《だいじゃ》のように、大地に横たわっている。

千代《ちよ》は絶望のうめきをあげた。浅瀬《あさせ》を渡《わた》って、匂《にお》いを消したかったのだが。この川には、浅瀬などなかった。恐《おそ》ろしい速さで流れる急流なのだ。一歩でも踏《ふ》みこめば、たちまち飲みこまれて流されてしまうだろう。

『どうしよう。これじゃとても渡れない』

だが、ここで立ち止まっていては、それこそ袋《ふくろ》のねずみとなってしまう。さがせば、向こう岸に渡れそうな浅瀬があるかもしれない。

千代は斜面《しゃめん》を滑《すべ》りおりて、上流のほうに向かって走りだそうとした。

このときだ。千代は、自分たちからそうはなれていないところに、一人の男が立っていることに気づいた。

「ひっ！」

笛のような声をあげて、千代は立ちすくんでしまった。

真っ黒い装束《しょうぞく》をまとった男は、ゆったりと千代に近づいてきた。男の顔は真っ白で、額《ひたい》には角がはえていた。鬼《おに》かと一瞬《いっしゅん》思ったが、そうではなかった。男は、のっぺりとした鬼面《きめん》をかぶっていたのだ。

真正面までやってくると、男は千代《ちよ》を見下ろしてきた。面の向こうで、男が笑っているのが感じられた。

「やっと来たな」

その一言で、千代は罠《わな》にかかったことを悟《さと》った。犬の鳴き声によって、まんまとこの男が待《ま》ち伏《ぶ》せしている場所に追いやられたのだ。

引き返そうとしたとたん、別の男がむささびのように茂《しげ》みから飛びだしてきた。一人、さらに一人と、仮面《かめん》をつけた黒装束《くろしょうぞく》の男たちが次々と飛びだしてきて、千代の前に立ちふさがる。

あっというまに、千代は囲まれてしまっていた。

千代が立ちすくんでいると、鬼面《きめん》の男が仲間たちに声をかけた。

「ご苦労だったな」

「ああ。早く見つかってくれてよかった。犬の鳴《な》き真似《まね》をしながら走るというのは、なかなか疲《つか》れるからな」

「阿豪《あごう》の若は？」

「じき来るだろう」

奇怪《きかい》な男たちが言葉を交わしあうなか、千代《ちよ》は血の気が引いていた。

平八郎《へいはちろう》がもうすぐ来る。あの平八郎が。

息がつまるような恐怖《きょうふ》に襲《おそ》われ、千代はとっさに逃《に》げようとした。しかし、すぐさま男の一人に肩《かた》をつかまれた。とたん、じんとした痛みに見舞《みま》われ、千代は動けなくなってしまった。

「無駄《むだ》なことをするな、娘《むすめ》」

「は、はなして！　あっ！　だめ！」

千代が止める間もなく、もぞもぞっと懐《ふところ》が動いたかと思うと、あぐりこが飛びだしてきた。あぐりこは、千代の肩に駆《か》けあがり、肩をつかんでいた男の指に小さな牙《きば》を突《つ》きたてた。

「あつっ！」

男はおどろいて手をはなした。千代は夢中で叫《さけ》んだ。

「逃げてください、あぐりこ様！　逃げて！」

しかし、あぐりこは逃げなかった。千代の肩に踏《ふ》みとどまり、牙をむき出しにして男たちをにらみつけたのだ。そんなことをしてもかなうはずがないのにと、千代は絶望の目で男たちを見た。

手のひらに乗るほど小さな狐《きつね》に、男たちはさすがにおどろいたようだ。だが、鬼面《きめん》の男がゆらりと動いた。その手があぐりこへと伸《の》びる。

ああ、もうだめだ！　千代《ちよ》は観念して目を閉じかけた。

そのときだ。ふいに、大きなものが茂《しげ》みから飛びだしてきて、黒い男たちに襲《おそ》いかかった。

男の一人がまともに頭を殴《なぐ》りつけられ、地面に転がった。もう一人も膝《ひざ》を蹴《け》られて、悲鳴をあげて倒《たお》れた。

「なんだ、貴様《きさま》！」

影者《かげもの》たちはおどろいたが、千代のおどろきはもっと大きかった。

「犬丸《いぬまる》さん！」

それはまさしく犬丸だった。だが、千代が知っている犬丸とは、まるで別人だった。特徴《とくちょう》のないはずの顔はきびしくひきしまり、目はらんらんときらめいている。狼《おおかみ》のように精悍《せいかん》な姿に、千代は開いた口がふさがらなかった。

獣《けもの》のように、犬丸は暴れまわった。さらにだ。犬丸が口笛を吹《ふ》くと、野太い吠《ほ》え声《ごえ》とともに、何匹《びき》もの犬が飛びだしてきた。

千代はすくみあがったが、犬たちは千代には見向きもせず、黒い男たちだけに襲いかかった。

たちまち、二人が噛《か》みつかれた。

棍棒《こんぼう》をふるいながら、犬丸《いぬまる》が千代《ちよ》をふり返った。

「行け、千代！　そのお方を安全なところにお連れしてくれ！」

その叫《さけ》びに、千代は我に返った。

そうだ。逃《に》げなければ。今はとにかく逃げるのだ。

千代はあぐりこを抱《だ》いたまま、よろよろと川ぞいを走りだした。悲鳴や唸《うな》り声《ごえ》が、少しずつ遠ざかっていく。

『助かるかもしれない。逃げきれるかもしれない』

一瞬《いっしゅん》、喜びがわいた。

「千代ぉぉぉ！」

ものすごい声が、千代の背中を殴《なぐ》りつけた。

千代の足が止まった。止まるな、走りつづけなくてはだめだと、必死に命じたのに。その声を聞いたとたん、動けなくなってしまったのだ。

ぎしぎしと、千代は後ろをふり向いた。平八郎《へいはちろう》が、木立の際《きわ》のところに立っていた。

千代は足元が崩《くず》れていくような感覚に襲《おそ》われた。

「小娘《こむすめ》がぁぁぁっ！」

平八郎《へいはちろう》の顔は怒《いか》りで赤黒く変色し、目からも口からも火をふきそうだった。しかし、千代《ちよ》の手の中にあぐりこがいるのを見るなり、にんまりと、獣《けもの》のように笑った。

斜面《しゃめん》を駆《か》けおりた平八郎は、千代から少しはなれたところで立ち止まった。顔にこわばった笑いを浮《う》かべ、平八郎は手を差しだした。

「さあ、こっちへ来い、千代。お守り様を渡《わた》せ。おまえは許してやるから。ああ、わかっている。お守り様に妖術《ようじゅつ》であやつられていたんだろう？　だから、こんなことをしでかした。わかっているさ。おまえは何も悪くない。だから、ほら、こっちに来い」

嘘《うそ》だと、千代は見ぬいた。

千代があぐりこを渡したら、平八郎はすぐにも斬《き》りかかってくるだろう。そもそも、千代はあぐりこを渡すつもりはなかった。何があろうと、絶対にだ。

こうなっては、道は一つしかない。

じりっと、千代は後ろに一歩下がった。

「いいですか、あぐりこ様？」

千代の考えを読んだのか、あぐりこはにやっと笑って見せた。千代はうなずき、さらに一歩下がった。

平八郎《へいはちろう》の顔色が変わった。

「おい。な、何をするつもりだ、千代《ちよ》!」

あぐりこをしっかりとかばいながら、千代はふり向きざまに後ろに跳《と》んだ。流れる川めがけて、身をおどらせたのだ。

「やめろぉぉぉっ!」

平八郎の絶叫《ぜっきょう》が耳に入り、千代は思わずにやりとした。ついに、平八郎を出しぬいてやったのだ。

次の瞬間《しゅんかん》、どーんと音がして、千代は水の中にいた。

そのまま、ぐんぐんと流された。川は激しく、気まぐれだった。容赦《ようしゃ》なく千代を押《お》し流《なが》し、底のほうに引きずりこんでは、浮《う》かびあがらせる。千代は自分が木の葉になったような気がした。くるくると、流れにもてあそばれる木の葉だ。

あぐりこを持つ手をできるだけ水の上に出すようにしながら、千代は必死で目をこらした。目に映《うつ》る景色《けしき》は、めまぐるしく変わった。木立。水の中。川原。水の中。

ふいに、わき腹に強烈《きょうれつ》な痛みが走った。それと同時に、回っていた景色がぴたりと止まった。岩と岩との間にはさまった流木に、運よく引っかかったのだ。

痛みで気を失いそうになりながらも、千代《ちよ》は片手で流木にしがみついた。そして、もう片方の手を開いた。濡《ぬ》れそぼったあぐりこが、こちらを見返していた。

よかった。生きている。

微笑《ほほえ》んだあと、千代は目をさ迷わせた。この岩の上に上がれば、なんとか川原のほうまで近づけそうだ。千代は流木の上にはいあがろうとした。しかし、水につかっていた木は、ひどくもろくなっていたのだ。

ばきっと、体重をかけた枝《えだ》が折れ、千代は体勢を崩《くず》した。

『まずい！』

千代はとっさの行動に出ていた。頭で考えるよりも早く、あぐりこを岩の上めがけて放り投げたのだ。あぐりこが岩の上に着地するのと、千代がざぶんと川に飲みこまれるのとは同時だった。

「キィィィィッ！」

あぐりこの悲痛な叫《さけ》びがひびき渡《わた》った。

十六　対決

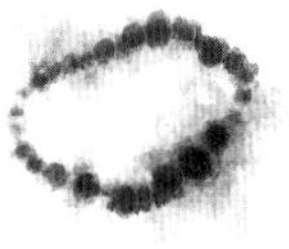

千代《ちよ》は恐《おそ》ろしい速さで流された。水の力に引っぱられ、息もできない。ふいに渦《うず》にとらえられ、底へと引きずりこまれた。死《し》に物狂《ものぐる》いで浮《う》かびあがろうとしたが、さきほどぶつけたところが痛くて、うまく左腕《ひだりうで》を動かせなかった。ますます底のほうへ追いやられてしまう。

もがいていると、がっと頭に強い衝撃《しょうげき》が走り、目の前が真っ暗になった。

次に気づいたとき、千代は深い水底に横たわっていた。まわりにはなにか赤いものが漂《ただよ》っていて、じわじわと静かに広がっていく。

赤く染《そ》まった水を、千代はぼんやりと見ていた。

と、その赤い水の向こうから、何かがまっすぐこちらに向かってきた。

あぐりこだった。狐《きつね》の姿ではなく、あの女童《めのわらわ》の姿だ。

水を切りさくように泳いできたあぐりこは、千代を抱《だ》きかかえた。ぐんと、千代は自分が持ちあげられるのを感じた。ぐんぐんと、水を押《お》しやぶるように上昇《じょうしょう》していく。そうして、ついに水の外に飛びだした。

空気にふれるなり、寒さと痛みと息苦しさが一気に襲《おそ》ってきた。死ぬんだと、千代《ちよ》は急に恐《おそ》ろしくなった。

すすり泣く千代を地面におろしながら、あぐりこは呼びかけた。

「動くな、千代！　今助けるから！」

そう叫《さけ》ぶなり、あぐりこは千代の頭とわき腹に手を押しあてた。千代は悲鳴をあげた。ものすごい痛みが走ったのだ。

が、次の瞬間《しゅんかん》、すぅっと痛みが引きはじめた。

あぐりこの手のひらから、熱い波動があふれでていた。それは千代の体に行きわたり、傷ついた箇所《かしょ》から痛みを取りのぞいていく。

『あぐりこ様の力だ。あぐりこ様が傷を癒《いや》してくださっているんだ』

ほどなく、千代は自分の力で起きあがることができた。

千代はそっと頭の後ろに手をやった。大きな傷があったはずだが、きれいにふさがっている。痕《あと》すらないようだ。わき腹も同じだった。

目を白黒させている少女に、あぐりこはほっとしたように笑いかけた。

「よかった。手遅《ており》れになるのではと冷や冷やしたが。そなたは強い子だね、千代《ちよ》」

千代は微笑《ほほえ》み返そうとした。が、できなかった。何かが引っかかったのだ。

千代はあぐりこをじっと見つめた。見れば見るほど、以前のあぐりことはどこかがちがうような気がした。そのことがひどく胸を騒《さわ》がせた。

黙《だま》りこんでいる千代に、あぐりこは心配そうにたずねた。

「どうした、千代？　まだどこか痛むのか？」

「いえ。そうではなくて……あぐりこ様……どうして、その姿にもどれたんですか？」

まだ数日は狐《きつね》の姿であるはずなのに。それに、千代を癒《いや》した力は、いったいどこからわいてきたというのか。

千代の問いに、あぐりこは不思議な微笑みを浮《う》かべてみせた。

「そなたは本当にさとい子だ。……わしがこの姿にもどれたのは、枷《かせ》をはずしたからだよ。阿《あ》久利森《ぐりもり》の民《たみ》であるという枷をね。……もうわしは、あぐりこではないのだ」

アグリコデハナイ。

あぐりこの言っている意味が、千代にはよくわからなかった。とまどう少女に、あぐりこはゆっくりと説明しはじめた。

「千代《ちよ》。およそ古き神、古き霊《れい》というものは、土地から力をあたえられるものだ。わしのような森の子はことに、生まれた土地と深く結びついている。前に言ったね？　わしは阿久利森《あぐりもり》から力をあたえられていると。なのに、わしは阿久利森から長く引きはなされていて、だからこそ力も弱っていた」

「……」

「だが、どこにも属さぬモノ、〝はぐれ〟になれば、ある程度の力を手に入れることができる。故郷との絆《きずな》を完全に絶ちきることにより、それまでにない力が宿るのだ。……さっき、わしは力がほしかった。だから、阿久利森との絆を絶ったのだ」

おかげで間に合ったよと笑うあぐりこを、千代は信じられない思いで見つめた。我に返ったとたん、血が逆流するような怒《いか》りをおぼえた。

「な、なぜそんな馬鹿《ばか》なことをしたんですか！」

絶叫《ぜっきょう》する千代に、あぐりこはきょとんとした顔で聞き返した。

「馬鹿なこと？　どこが馬鹿なことなのだ？　おかげでそなたを救えた。わしにとってはなにより大切なことだ」

「だけど、だけど、故郷との絆《きずな》を絶ちきるって……それって、も、もう阿久利森《あぐりもり》には帰れないってことなんでしょう？」

あぐりこの目が、かすかにゆれ動いた。

「……そのとおりだ。あの森に生きることも、もどることも、もはや今のわしには許されぬ。わしはもう、阿久利森の子ではなくなってしまったのだからね」

だったらすべてが無駄《むだ》になってしまったのだと、千代《ちよ》はわめいた。

「あんなに、あんなに阿久利森にもどりたがっていたじゃありませんか！　それなのに……あたしなんかを助けるために……馬鹿《ばか》だ！　あぐりこ様は大馬鹿だ！」

千代はうわあっと泣きじゃくり始めた。自分を助けるために、あぐりこはとてつもなく大きな犠牲《ぎせい》をはらったのだ。そのことが千代を苦しめた。

身もだえしている千代を前に、あぐりこの顔がふいに厳《おごそ》かなものとなった。

「たしかに阿久利森にはもどりたかった。だが、それ以上にそなたは大切だ。いや、千代、よく聞いてほしい。わしはそなたを失うのが死ぬほど怖《こわ》かったのだよ。そなたが川に飲みこまれるのを見たときは、本当にぞっとした……」

そう言って、あぐりこは千代をぐっと抱《だ》きしめた。

「わかっておくれ、千代《ちよ》。そなたは、かけがえのない友なのだよ。その友を見殺しにしようものなら、わしの心が死んでしまう」

「で、でも、阿久利森《あぐりもり》に帰れないんじゃ、意味がないじゃありませんか！」

「そんなことはないとも。ごらん。そなたのおかげで、わしは外にいる。こうして澄《す》んだ空気を吸えるし、日の光をあびられる。こんなにすばらしいことを、意味がないなどと言わないでおくれ、千代。結界に閉じこめられていたのとは、わけがちがう。ただ阿久利森に帰れないだけなのだから」

あぐりこはきっぱりと言った。

「そなたを助けることも、〝はぐれ〟になることも、自分で決めたことだ。わしは後悔《こうかい》はしていないよ、千代」

「あぐりこ様……」

「だから、泣かないで笑っておくれ、千代。このよき日を、笑顔《えがお》で祝っておくれ」

あぐりこの望みをかなえようと、千代は無理やり笑おうとした。

そのときだ。晴れやかだったあぐりこの顔が、一変した。千代をかばうように立ち、恐《おそ》ろしい目で木立の向こうをにらんだのだ。

千代《ちよ》もそちらを見た。暗い林の奥《おく》から、阿豪平八郎《あごうへいはちろう》が走ってくるところだった。

平八郎は歯をむき出し、魔物《まもの》のような形相だった。その顔を見ただけで、千代はめまいがした。

が、あぐりこはひるまなかった。ただ一言、言ったのだ。

「それ以上よるな、平八郎」

あぐりこの言葉に、平八郎はぴたりと立ち止まった。しかし、その目はあぐりこを見てはいなかった。平八郎はひたすら千代をにらみつけていた。

「よくも裏切ったな、小娘《こむすめ》」

しゅうしゅうと、蛇《へび》のような声を平八郎ははき出した。

「たらふく阿豪の蔵の米を食い、散々阿豪の衣を着たくせに……よくも裏切れたものだ。この、恩知《おんし》らずめ！」

この言葉に、千代はどういうわけか打ちのめされた。ひどく後ろめたい気持ちになり、思わずうつむいてしまった。それが、あぐりこを激怒《げきど》させた。

「どの口でその言葉をはくのか、汚《けが》らわしい小僧《こぞう》め！」

天まで届くような激しい声で、あぐりこは叫《さけ》んだ。

「恩知《おんし》らずは貴様《きさま》の一族であろう！　わしを閉じこめ、九十年も呪《のろ》われた富をむさぼってきた野良犬《のらいぬ》のくせに！」

「の、の、野良犬だと！」

「野良犬を野良犬と呼んで、何が悪い？　貴様は知らぬのか？　わしはもともと、貴様ら一族を助けるために、阿久利森《あぐりもり》から出てまいったのだぞ！　そのわしを閉じこめた貴様らは、恩知らずではないのか！　貴様に千代《ちよ》を責める資格はないぞ、阿豪平八郎《あごうへいはちろう》！」

一瞬《いっしゅん》、平八郎は激しくひるんだ。そのとおりだと、うなずきそうになったのだ。だが、父や兄の顔が頭に浮《う》かび、ふたたび怒《いか》りや憎《にく》しみがわきあがってきた。

平八郎は叫《さけ》び返《かえ》した。

「だが、報《むく》いは受けたはずだ！　俺《おれ》の母や兄弟、俺の兄の子どもたちの命を、あんたはうばった！　邪気《じゃき》を使って、じわじわと！」

「そうだ！　それをためらいはしなかった！　だが、好きでやっていたわけでもない！」

ぎりぎりと、あぐりこは歯を食いしばった。

「わしは気づいてほしかった。富よりも大事なものがあることに気づいて、わしを閉じこめるのをやめてほしかったのだ。だが、貴様らは千代を使って、当然の報いすら免《まぬが》れようとした！

なんとずるい……貴様《きさま》らのどこに、人を責める資格があろうか！　貴様ら阿豪《あごう》は、まるでうじのようだ！　この世のどこをさがそうとも、貴様らほどに汚《けが》らわしい、おぞましいものはおるまい！」

叫《さけ》ぶごとに、あぐりこの体は怒《いか》りでふくれあがっていくようだった。一方、平八郎《へいはちろう》の顔は、どんどん怒りで青ざめていく。

このままでは、恐《おそ》ろしいことになりかねない。

そう感じた千代《ちよ》は、後ろからそっとあぐりこの手を握《にぎ》った。

「あぐりこ様……」

千代の泣きだしそうな顔を見たとたん、あぐりこは、はじけんばかりだった怒りがしずまるのを感じた。

大丈夫《だいじょうぶ》だと千代にうなずきかけ、あぐりこはふたたび平八郎をにらみつけた。

「去れ！　阿豪の血で穢《けが》れるのはまっぴらだ。二度は言わぬぞ。命惜《お》しくば去れ、阿豪！」

空気を切りさくような、刃《やいば》のような声だった。

さすがの平八郎も、よろよろと数歩あとずさった。が、そこで踏《ふ》みとどまった。

おめおめ一人で屋敷《やしき》にもどったら、父はなんと言うだろう？　兄はどんな顔をするだろう？

いやだ。そんなのはだめだ。耐《た》えられない。絶対にお守り様をつかまえなくては。

去ると見せかけながら、平八郎《へいはちろう》は懐《ふところ》から数珠《じゅず》を取りだした。そうして目にも留まらぬ早業《はやわざ》で、それをあぐりこに投げたのだ。数珠は狙《ねら》いすましたかのように飛び、見事あぐりこの首にかかった。

「あははははっ！　おまえは阿豪家《あごうけ》のものだ！　どこにも行かせない！　ここに来い、あぐりこ！　来て、俺《おれ》にぬかずけ！」

しかし、平八郎の勝《か》ち誇《ほこ》った叫《さけ》びは、高笑いにかき消された。

十七　それぞれの行く先

　笑っているのは、あぐりこだった。ひとしきり笑ったあと、あぐりこは馬鹿《ばか》にしたように数珠《じゅず》をつまみあげた。

「おやおや、これは見覚えのある数珠だ。さすがは阿豪《あごう》。もしものときを考えて、これを取っておいたというわけだな」

　平八郎《へいはちろう》は真《ま》っ青《さお》になって、数珠をもてあそぶあぐりこを見つめた。

「そんな……そ、そんな馬鹿な！　なぜそれにふれられる？　なぜ、したがわないんだ？」

「なぜ？　わからぬのか、平八郎《へいはちろう》？」

　嘲《あざけ》りをたっぷりこめて、あぐりこは言った。

「わからぬのなら、教えてやろう。一度とかれた封印《ふういん》は、二度とはかけられぬのだ。別に、この数珠が効力を失ったわけではないぞ。わしが、もはや支配されぬ力を得たのだ。九十年前に、貴様《きさま》らにつかまったことによってな」

「な、なんだと？」

「術というのは病《やまい》と同じ。どんな恐《おそ》ろしい病も、一度かかってしまえば二度とかからない。わかったか、阿豪平八郎《あごうへいはちろう》。たとえ、どれほど強い呪術師《じゅじゅつし》や呪具《じゅぐ》を使おうとも、貴様《きさま》たちがわしを捕《と》らえることは二度とできぬのだ！」

あぐりこは首の数珠《じゅず》を引きちぎった。あぐりこの手の中で、数珠はめらめらと青い炎《ほのお》に包まれ、一瞬《いっしゅん》で燃えつきた。

「うっ、ううう っ！」

今度こそ平八郎は後ずさりした。その顔は鉛色《なまりいろ》に変じていた。

「去れ」

冷たく言い放ち、あぐりこは千代《ちよ》のほうを向いた。

「さあ、行こう、千代。阿豪の匂《にお》いにはもううんざりだ。ここをはなれよう」

「は、はい」

しかし、千代はなかなか立ち上がれなかった。あぐりこと平八郎のやりとりに、すっかり腰《こし》が抜《ぬ》けてしまったのだ。

千代を立ち上がらせようと、あぐりこはかがみこんだ。その姿に、平八郎の目に狂《くる》ったような光が宿った。

「うわあああっ！」

奇声《きせい》をあげて、平八郎《へいはちろう》は刀を抜《ぬ》きはなった。

このまま行かせるものか。もう二度と捕《と》らえられないというのなら、それでもいい。ここで、あぐりこの命を絶ちきってやる。

目をぎらつかせ、口から泡《あわ》をとばしながら、平八郎はあぐりこに向かっていった。

「どこまでも愚《おろ》かなやつめ」

あぐりこは静かにつぶやき、こちらに向かってくる平八郎に向きあった。その指先には鋭《するど》いかぎ爪《づめ》が伸《の》びていた。

いけないと、千代《ちよ》は思った。ここで平八郎を殺したら、あぐりこにとって取り返しのつかないことが起きてしまう。

「だめです！　あぐりこ様、やめて！」

しかし、あぐりこと平八郎の距離《きょり》はどんどん縮まっていく。平八郎が刀を振《ふ》りかぶり、あぐりこのかぎ爪がぎらりと光るのが、千代の目に入った。

だれか、だれかあぐりこ様を助けて！　あぐりこ様を救って！　お願い！

千代《ちよ》が身を振《ふ》りしぼるほど叫《さけ》んだこのとき、ごすっと、鈍《にぶ》い音がひびいた。続いて、平八郎《へいはちろう》が足をもつれさせ、どうっと倒《たお》れたのだ。

ついに殺してしまったのかと、千代は泣きながらあぐりこに駆《か》け寄《よ》った。

「あ、あぐりこ様！」

「わしではない。だれかが平八郎に石を投げたのだ。……だれだ！」

あぐりこが鋭《するど》く叫《さけ》ぶと、少しはなれた木立の向こうから人影《ひとかげ》があらわれた。

「犬丸《いぬまる》さん！」

犬丸だった。全身傷だらけで、着物はほとんど引きちぎられてしまっているが、大きな怪我《けが》はしていないようだ。

「知り合いか、千代？」

「は、はい。お屋敷《やしき》で、一度、助けてもらいました。ほら、赤松の皮をくれた人です」

「ああ。阿豪《あごう》の犬の世話をしていたという男か」

よろよろと近づいてきた犬丸は、まず気絶している平八郎を縛《しば》りあげた。そのあと、あぐりこにうやうやしげにひざまずいた。

「ご無事で……なによりでした」

そうささやく声には、真心がこもっていた。

「もう、間に合わないかと思いました。……あなたたちが逃《に》げたとわかって、俺《おれ》もすぐにあとを追ったんです。平八郎《へいはちろう》を食い止めようと思ったんですが、あいつは馬に乗っていたから、なかなか追いつけなくて……。本当にご無事でよかった」

あぐりこは犬丸《いぬまる》をじっと見つめていたが、やがて口を開いた。

「我らを助けてくれたこと、まず礼を言う。しかし、わけを知りたい。そなたは阿豪《あごう》の下男なのだろう？　なぜ主《あるじ》を裏切り、我らを助けてくれたのだ？」

「阿豪を主と思ったことなど、一度もありません。やつらは俺の敵《かたき》です」

犬丸ははき捨てるように言った。

「俺は、ここからずっと北にある花鹿《かじか》という山の出です。俺の家は、代々山を守るのをお役目としてきました」

「では、そなたは山守《やまもり》か」

「はい。……花鹿山は美しいところでした。さまざまなものが宿り、憩《いこ》いの場とする霊山《れいざん》でもありました。でも……かつての花鹿山はもうありません。十年前、阿豪が山を切りくずしてしまったから！」

阿豪家《あごうけ》の男たちが押《お》しよせてきたことに、山守《やまもり》たちは仰天《ぎょうてん》したという。守り神や主《ぬし》こそいないが、花鹿山《かじかやま》は霊地《れいち》として名高く、昔から人が手をつけてはならぬ場所として、知られてきたからだ。

「俺《おれ》の父と母は、すぐに阿豪に頼《たの》みました。山を傷つけるのはやめてくれと。ここは人が切り開いてよい場所ではないのだと。でも、阿豪は耳をかたむけなかった。それどころか、父と母を捕《と》らえて、花鹿山を汚《けが》していく一部始終を二人に見せつけたんです！」

犬丸《いぬまる》の目から涙《なみだ》があふれだした。

「花鹿山は小さな山でした。大勢の人の足に踏《ふ》みにじられ、木を切られ、丸裸《まるはだか》にされるのに、そう時間はかからなかった。そうしてむきだしにした山の肌《はだ》に、やつらは鍬《くわ》やつるはしを突《つ》きたて、今度は金を掘《ほ》りだし始めたんです」

犬丸の両親は、この悲劇《ひげき》に耐《た》えられなかった。父親は正気を失い、ほどなく死んだ。母も、そのあとを追うようにこの世を去った。

そうして犬丸だけが生き残った。家族も、住む場所も、守るべきものすらも失った十七歳《さい》の少年だけが、一人この世に残されたのだ。

「俺は……体の中が空っぽになりました。何もかも失って……もう復讐《ふくしゅう》しか残っていませんでした。花鹿山《かじかやま》と両親の敵《かたき》をとることが、俺《おれ》の生きるささえになったんです」

しかし、阿豪《あごう》は広大な領地をもち、都《みやこ》の武家や貴族ともつながっている一族だ。復讐《ふくしゅう》をとげるためには、阿豪の懐深《ふところふか》くに入りこみ、何か弱みを見つけるしかない。

「俺は、名前を変えて、阿豪の屋敷《やしき》に雇《やと》ってくれと、頼《たの》みにいきました。俺はもともと動物の扱《あつか》いがうまかったし、阿豪家は犬をたくさん飼っていると聞いていたから」

うまく雇われた犬丸《いぬまる》は、犬のことしか頭にない、無口で無表情な若者になりきった。そうすることで、阿豪への憎《にく》しみも隠《かく》しとおすことができた。

その一方で、犬丸はひそやかに動きまわった。阿豪の弱みはなかなかわからなかったが、そのうち、山守《やまもり》ならではの勘《かん》のよさで感じとった。阿豪の繁栄《はんえい》には、人ならぬものの力がからんでいると。

そうなると、離《はな》れがいちばん怪《あや》しかった。下人たちは絶対に近づいてはならないと、きびしく言われていたからだ。しかし、中にいるのは、いったい何なのだろう？　それはぜひともつきとめなくてはならなかった。正体もわからないものに、うかつに手は出せない。

なかなか秘密をつきとめられず、犬丸はいらいらした。無理はできなかった。自分の正体がばれてしまっては、元も子もないからだ。

二年が無駄《むだ》に過ぎていった。だが、ある日、思わぬことから突破口《とっぱこう》が見つかったのだ。

その日、犬丸《いぬまる》は縁《えん》の下《した》をはっていた。犬の子が縁の下に入りこんでしまったので、さがしに入ったのだ。暗い縁の下を進んでいくうちに、ふいに上から子どもの泣き声がした。続いて、阿豪幽斎《あごうゆうさい》のしかりつける声も聞こえた。

「この馬鹿者《ばかもの》が！　お守り様に同情するなど、もってのほかだぞ、平八郎《へいはちろう》！」

犬丸は思わず耳をそばだてた。お守り様？　それはもしや……。

犬丸が下で聞いているとも知らず、幽斎の言葉は続いた。どうやら十歳《さい》になったばかりの次男をしかりつけているらしかった。

「お守り様は外に出られなくて、かわいそうだと？　まったく。おまえの兄はそんな弱気なこと、一度も言ったことはないぞ。いいか。我らの先祖はお守り様を捕《と》らえた。豊かになるために、そうしたのだ。それは悪いことか？　いや、ちがう。我らのほうが、お守り様よりかしこく強かった。ただそれだけのことだ。狼《おおかみ》が兎《うさぎ》や鳥を食うように、強いものは何をしてもいいのだ、平八郎。それをよく覚えておけ」

「は、はい。ご、ご、ごめん、なさい。これからは、あ、阿豪家の男らしくなります」

「そうしろ。おまえの兄をよく見習うんだぞ」

親子の会話はそれで途切《とぎ》れた。

縁《えん》の下《した》にいた犬丸《いぬまる》は、興奮《こうふん》で体が震《ふる》えるのを感じた。

やはり、離《はな》れにいるのは神霊《しんれい》なのだ。しかも、その神霊は、自分の意志で阿豪《あごう》を助けているのではない。閉じこめられて、利用されているのだ。

それからの犬丸は、離れを破る方法を本気で考えはじめた。毎晩、夜更《よふ》けに離れのまわりをうろつき、破れそうなところはないか、さがした。

最初は、離れの扉《とびら》の錠前《じょうまえ》に酢《す》をかけて、少しずつさびさせて、もろくしようとした。だが、錠前は一年ごとに新しいものに取りかえられるため、無駄《むだ》だとわかった。

離れの屋根から、中に侵入《しんにゅう》しようともしてみた。が、瓦《かわら》は釘打《くぎう》ちされており、はがせないようになっていた。無理にはがそうとすれば、瓦は割れ、派手な音がしてしまうだろう。

『……犬小屋から地面を掘《ほ》り進《すす》め、下から離れに入るのはどうだろう？』

これは、あらゆる面で好都合《こうつごう》だった。犬小屋に出入りするのは、自分と犬たちだけ。それに、犬丸はつねに犬の相手をしているので、泥《どろ》だらけであっても、ちっとも怪《あや》しまれない。ただ恐《おそ》ろしく時間と労力がかかるだけの話だ。

それからというもの、犬丸は犬小屋の隅《すみ》を掘りかえしていった。思っていた以上の大仕事だった。土は固かったし、夜、みんなが寝静《ねしず》まらなければ、作業はできない。雨が降れば穴はふさがり、冬場になれば土が凍《こお》りと、なかなかはかどらなかった。しかも、犬小屋から離《はな》れまではずいぶんはなれており、ときおり地上に出ては、方向をたしかめなくてはならなかった。

裏庭で千代《ちよ》と出会ったときも、掘っている方向が正しいか、たしかめている最中だったのだと、犬丸《いぬまる》は話した。

「あのときは焦《あせ》りました。まさか、あんな夜中に千代に出くわすとは、思わなかったから。それで、赤松の皮を持っていって、機嫌《きげん》をとろうと思ったんです。俺《おれ》のしていたことを、平八郎《へいはちろう》に告げ口されたら、たまらないから」

「あたしが？　平八郎様に告げ口？」

目を点にする千代に、犬丸はうなずいた。

「おまえは、離れに出入りを許された唯一《ゆいいつ》の下女だったからな。待遇《たいぐう》もふつうじゃなかったし。よほど阿豪《あごう》に忠実なんだなと、思っていたんだよ」

おたがいのことがもっと早くわかっていたらよかったなと、犬丸は軽く笑った。

と、それまで黙《だま》って話を聞いていたあぐりこが、犬丸の手をそっと取った。おどろく犬丸にかまわず、あぐりこはごつごつとした犬丸の手を、そっと自分の手でなでさすった。

「この手……ああ、わかる。何年も固い土を掘《ほ》りつづけてくれた手だ。八年もの間、そなたは黙々《もくもく》と土を掘ってくれたのだね。わしを助けだそうとしてくれていたのだね」

ふつふつと、あぐりこの目に涙《なみだ》が浮《う》かんできた。

「知らなかった。千代《ちよ》のほかにも、わしのことを助けようとしてくれていた者がいたなんて……ずっとずっと、わしの知らぬところで、命を削《けず》るような思いで土を掘っていてくれたなんて……よかった。そなたたちのおかげで、人間を心底嫌《きら》わずにすんだ。ありがとう、犬丸《いぬまる》。ありがとう」

そうささやくと、あぐりこは犬丸に息を吹《ふ》きかけた。みるみる犬丸の傷が癒《い》えていった。あぐりこの、犬丸に対するせめてもの気持ちだった。

犬丸の傷を癒《いや》した後、あぐりこは彼《かれ》にたずねた。

「それで、これからそなたはどうするのだ、犬丸?」

「花鹿山《かじかやま》にもどります」

きっぱりと犬丸は言った。

「金を採りつくしたあと、阿豪家《あごうけ》は花鹿山を放りだしました。金が出ない山など、阿豪にとってはなんの意味もない、ただの荒《あ》れ山《やま》だから。でも、俺《おれ》にとっては故郷です。俺は山守《やまもり》として、山を癒《いや》すつもりです。木を植えて、獣《けもの》や鳥をよびもどして……もちろん、かんたんではないだろうけれど、やってみせます」

堂々と前を向く犬丸《いぬまる》を、千代《ちよ》はまぶしく思った。だが、次の瞬間《しゅんかん》、凍《こお》りついた。あぐりこが思いがけないことを言ったのだ。

「そうか。では、一つ頼《たの》みがある。この千代を、連れていってやってくれないか？」

突然《とつぜん》の言葉に千代は目をむき、犬丸もびっくりした顔をした。

「千代を連れていけと？」

「そうだ。そして、穏《おだ》やかに暮らせそうな場所を見つけてやってほしい。この子は十分につらい時を過ごした。もうそろそろ幸せになってもいいころだ。のびのびと暮らせる、よい人里でな」

と、あぐりこは千代を見た。やさしいまなざしだったが、千代は青くなった。やっとのことで声をしぼり出した。

「ど、どういうことですか？　人里って……もちろん、あぐりこ様もいっしょですよね？　いっしょに里に行くんですよね？」

すがるように言う少女に、あぐりこはゆっくりかぶりを振《ふ》った。

「それは無理とわかっているはずだ。そなたたちのおかげで、人は邪悪《じゃあく》なものばかりではないとわかっている。それでも、わしはもう二度と人の家の中で暮らしたくはないのだ。これだけはゆずれぬ。だが、千代《ちよ》は人だ。人の暮らしをしなくては」

あぐりこはまっすぐ千代を見た。

「人のもとにお帰り、千代。そして幸せになるのだ。わしのことなら心配はいらない。ときおり、わしのことを思い出してくれるだけでいい。わしにはそれで十分だ。そうするのがいちばんなのだ」

あぐりこは千代のためを思って、こう言ってくれているのだろう。だが、千代は情けなくてたまらなかった。どうしてそんなことを言うのだと、恨《うら》めしささえおぼえた。

これまでがんばってきたのは、すべてはあぐりこのためだ。あぐりこといっしょにいたからこそ、そして、これからもいっしょにいたいと思ったからこそ、どんな苦しみもつらさも乗《の》り越《こ》えられたというのに。

それなのに、あぐりこはまるで用済《ようず》みだと言わんばかりに、千代を見捨てようとしている。そう思うと、のどの奥《おく》から熱い塊《かたまり》がこみあげてきた。

千代はあぐりこの前に仁王立《におうだ》ちで立ちふさがった。

「いやです！　ど、どこにも行きません！」

「千代《ちよ》……」

「いっしょにいたいんです！」

顔を真《ま》っ赤《か》にしながら、千代は絶叫《ぜっきょう》した。

「あ、あぐりこ様のそばにいたい。あたしを捨てないでください！」

「捨てる？　千代。それはちがう」

「ちがいません！　あたし一人を里に行かせるのは捨てるのと同じです。暮らしのことなんか、どうだっていい！　あんまりです。あたしは、あ、あたし……」

しゃべるうちに涙《なみだ》がこぼれてきて、千代はそれ以上話せなくなってしまった。だから言葉のかわりにひたすらあぐりこをにらみつけた。

あぐりこは途方《とほう》にくれた顔をしていたが、やがて苦いため息をついた。

「ほかにも理由はあるのだよ、千代。……〝はぐれ〟となった今、わしから放たれる霊気《れいき》はこれまでとは比べものにならぬほど強い。早く別れないと……そなたは本当に変わってしまう。だから急いでいるのだ」

「変わる？　変わるって、何がですか？」

「千代《ちよ》。そなたは気づいていないようだが、わしが今こうして生きているのは、そなたのおかげなのだよ」

「えっ？」

「……あの毒薬は強すぎたのだ。本当なら、わしはよみがえらなかった。死なずにすんだのは、そなたが自分の命をわしにそそぎこんでくれたからだ。どうやってそんなことができたのか、わしにもよくわからない。わかっているのは、そなたがわしに命を分けてくれたことだけだ。……思い当たることはないか？」

ないと答えようとして、千代は言葉につまった。あぐりこがよみがえったときのことが、頭に浮《う》かんできたのだ。黄金の光の川が、自分からあぐりこへと伸《の》びていった。あれが、夢ではなく、本当にあったのだとしたら？

呆然《ぼうぜん》としている千代に、あぐりこは話しつづけた。

「ただでさえ、そなたとわしは波長が合う。だからだろうね。死をわかちあったことで、わしの中の何かが、そなたの中に溶《と》けこんでしまったのだ。千代、自分の感覚がいつも以上にとぎすまされていることを、不思議には思わなかったか？　空腹なのに、食べ物を食べたくないときもあっただろう？　それに、娘《むすめ》の足でこれほど長く速く、山の中を歩きつづけることはできないものだよ」

「……」

「はっきり言おう。そなたは、人ではないものに変わりつつあるのだ」

さっと千代《ちよ》は青ざめてしまった。人ではないもの。その言葉が、がんがんと頭の中で鳴りひびいた。

「そなたは本当にぎりぎりのところまで来てしまっているのだよ、千代。……そなたを後悔《こうかい》させたくない。これ以上、そなたを変えたくない。お願いだから、強情《ごうじょう》をはらないでおくれ」

お願いだと、あぐりこはくり返した。

千代は青ざめたまま、じっとあぐりこを見つめた。

美しい顔。きらめく目。魂《たましい》の輝《かがや》きがあふれるその姿。

ああ、やはり大好きだ。そばからはなれたくない。

たどりつく答えは一つしかなかった。心から望むものは一つしかなかった。だから、少女は答えた。

「それでも……あたしはあなたといっしょにいたい」

「千代……」

あぐりこは泣き笑いのような顔となった。あぐりこにそんな顔をさせてしまうことが、千代《ちよ》はつらかった。でも、これだけはどうしてもゆずれないのだ。

そのときだ。それまで黙《だま》っていた犬丸《いぬまる》が、口を開いた。

「一つだけ手がありますよ。あぐりこ様と千代、どちらの願いもかなえる方法が一つだけ」

「何?」

「ほ、ほんとに?」

「はい」

そう言うと、犬丸はあぐりこにひざまずいたのだ。

「花鹿山《かじかやま》の山守《やまもり》、呉丸《くれまる》がお願い申し上げます。なにとぞ、花鹿山においでください。属する地をもたぬ〝はぐれ〟だとおっしゃるなら、ぜひ、花鹿山の守り神になってください」

「な、何を言いだすのだ……」

「あぐりこ様が花鹿山の守り神となれば、もう〝はぐれ〟ではなくなります。御力《おちから》が、まわりの人間に影響《えいきょう》することはなくなるはず。俺《おれ》が社《やしろ》を建てましょう。そして、千代はその社守《やしろもり》になればいい。こうすれば、二人のつながりを絶つことなく、それぞれの世界で生きていけるでしょう。これがいちばんよい方法だと思います」

しばらく、あぐりこは言葉が出ない様子だった。ひたすら目を見張っている。そんなあぐりこを、千代《ちよ》は息をつめて見つめた。

どうかどうか、あぐりこ様がうなずいてくれますように！

長い間、あぐりこは黙《だま》っていたが、ようやく、かすれた声で言った。

「犬……いや、呉丸《くれまる》か。その申し出、ありがたく受けるとしよう」

「あぐりこ様！」

大喜びで飛びつこうとする千代を、あぐりこは真顔で止めた。

「……だが、花鹿山《かじかやま》に行く前に、一つだけ正しておくことがある」

まだ何か問題があるのかと、千代は不安でどきどきした。そんな少女の手をにぎり、あぐりこは言ったのだ。

「わしはもうあぐりこではない。わしの名は、かがりだ。花鹿山のかがりだ」

そう言って、あぐりこだった狐霊《これい》は、にっこりと笑ったのだ。それは、輝《かがや》くような笑顔《えがお》だった。

＊

雪深い北の地に、富と力をほしいままにしている一族がいた。そのあまりの強運ぶりに、「あの家には福神がいる」と、噂《うわさ》されるほどだった。

だが、ある日を境に、急におとろえた。落雷《らくらい》で屋敷《やしき》が焼けおち、土石流《どせきりゅう》で田畑がつぶれるなど、不幸が続き、みるみる富を失っていったのだ。

ほんの半年ほどで、彼《かれ》らはすべての財を失い、どこかに消えてしまった。そのあっけない最後に、「彼らから福神が逃《に》げたのだ」と、人々は噂したという。

作者　廣嶋玲子（ひろしま・れいこ）
横浜生まれ。第四回ジュニア冒険小説大賞の『水妖の森』（岩崎書店）でデビュー。主な著作は、「はんぴらり！」シリーズ（童心社）、「魔女犬ボンボン」シリーズ（角川書店）、「ふしぎ駄菓子屋銭天堂」シリーズ（偕成社）、「もののけ屋」シリーズ、「十年屋」シリーズ（静山社）、「鬼遊び」シリーズ、『妖花魔草物語』（小峰書店）など。

画家　マタジロウ
北海道生まれ。イラストレーター。「異自然世界の非常食」シリーズ（KADOKAWA）など、書籍装画などで活動中。

Sunnyside Books

狐霊の檻

2017年1月21日　第1刷発行　　2024年5月21日　第5刷発行

作　者……………廣嶋玲子
画　家……………マタジロウ
装　丁……………大岡喜直（next door design）
発行者……………小峰広一郎
発行所……………株式会社小峰書店
〒162-0066　東京都新宿区市谷台町4-15
TEL　03-3357-3521
FAX　03-3357 1027
https://www.komineshoten.co.jp/
印　刷……………株式会社三秀舎
製　本……………株式会社松岳社

ISBN 978-4-338-28713-5　NDC 913　239P　20cm

Korei no Ori